LE DRAME

DES

TUILERIES

APRÈS LA RÉVOLUTION DU 24 FÉVRIER 1848,

PAR

LE CITOYEN SAINT-AMANT,

COMMANDANT SUPÉRIEUR DU PALAIS, AU NOM DU GOUVERNEMENT PROVISOIRE.

Allez sauver les Tuileries.
(LAMARTINE, *à l'Hôtel-de-Ville.*)

PARIS.

CHEZ FÉRET, LIBRAIRE, GALERIE DE NEMOURS,

ET TOUS LES LIBRAIRES DE PARIS.

———

MAI 1848.

PARIS. — IMPRIMERIE ÉDOUARD PROUX ET Cᵉ, RUE NEUVE-DES-BONS-ENFANS, 3.

LE DRAME

DES TUILERIES

APRÈS LA RÉVOLUTION DU 24 FÉVRIER 1848.

Nous ferons précéder les évènemens des Tuileries, de quelques faits qui nous sont personnels se rattachant à la Révolution de 1848.

La parole imprudente d'un ministre audacieux osant, en 1847, accuser la Chambre de s'agiter seule pour la Réforme, en présence du pays qui était tranquille, est le point de départ qu'on peut assigner à la chute de la monarchie sortie des barricades de 1830.

Sous cette impression, le *Comité central* de Paris s'organisa et conçut la pensée de remuer l'opinion publique à l'aide des banquets. Le *Château-Rouge* ouvrit la marche, et le 12e arrondissement, le 22 février, n'a pu la clore. Deux jours après, c'était le peuple qui dînait aux Tuileries, d'où un monarque *aveugle* et *ennemi* s'enfuyait avec sa famille, abandonnant tout au vainqueur. Pareil évènement, dix-huit ans plus tôt, était un triomphe comparé à ce sauve-qui-peut de princes et de princesses.

Mais revenons aux journées précédentes.

Tout était réglé le dimanche pour l'ordre et la marche du banquet. Les journaux du lundi allaient publier notre manifeste. J'avais même reçu d'un des personnages les mieux placés dans les confidences ministérielles, la déclaration que l'autorité ne comptait pas s'opposer au banquet, qu'il serait simplement dressé acte de la contravention par des commissaires de police, assistés ou non d'un peloton de municipaux. Toute la discussion du conseil des ministres avait roulé sur ce dernier point. Je me hâtai d'en faire part au comité-directeur.

Lundi matin paraît le manifeste, aussi modéré dans sa forme qu'il nous avait été possible de le faire; mais ne devait-on pas régulariser la manifestation et assigner la place à chacun pour prévenir le désordre? Eh bien! à sa lecture, le ministère revient sur ses dispositions pacifiques et s'oppose au banquet, car il ne permet qu'aux seuls invités de s'y rendre, et encore pour leur enjoindre, après d'avoir à se séparer, et leur intenter un procès devant le juge de paix et peut-être en police correctionnelle.

Une réunion eut lieu aussitôt chez l'honorable M. Odilon Barrot, pour décider ce qu'il y avait à faire. Les députés de la gauche, les membres du Comité central, leur vice-président Recurt en tête, et les journalistes de l'opposition s'y rendent en foule le lundi au soir; là, à peu près unanimement, il est décidé qu'une protestation sera faite immédiatement; M. Marrast en est le rédacteur; un acte d'accusation sera formulé contre le ministère; on ne peut le rédiger incontinent, mais il sera déposé à l'ouverture de la séance du lendemain. On se sépare ensuite à peu près d'accord, et tout le monde convaincu d'avoir agi en bon citoyen. De là, à dix heures environ, nous nous rendîmes au *Siècle*, où l'agitation était très grande. La principale question était de savoir si les citoyens de l'opposition répondraient au rappel de la garde nationale qu'on devait battre le lendemain matin. Il ne fut pas battu. Enorme faute!

Le lendemain mardi, des rassemblemens, de gamins principalement, ont lieu à la place de la Madeleine, où de forts détachemens d'infanterie et de garde municipale à pied et à cheval, les refoulent sur les boulevarts, comme à la place de la Concorde. On brûla cependant un corps-de-garde de la ligne rue de Ponthieu.

Le soir, nous sommes convoqués dans les bureaux du *Siècle*, à huit heures. On continue à penser que ce n'est qu'une émeute, et l'on prend la résolution de se rendre à l'appel qui sera battu pour la garde nationale. L'appel du mardi soir n'avait pas été entendu; celui du mercredi matin a mis la garde nationale sur pied, et elle a agi dans les divers quartiers de Paris suivant l'importance des évènemens, mais de façon à prouver néanmoins que si l'on n'allait pas jusqu'au renversement du trône, on était à peu près unanime pour condamner le ministère.

Ma légion, le mercredi, était sur la place de la Concorde. Je dois ajouter que c'était la moins indisposée contre le pouvoir. On connaît l'esprit du 1er arrondissement où pesaient le château et quatre ministères. Toutefois, je dois convenir que l'opinion générale y regardait comme impossible la continuation du ministère Guizot.

On occupa ma compagnie à aller garder le poste brûlé la veille, près de l'avenue Marigny. Il brûlait encore sourdement, et notre mission était d'empêcher sa complète destruction. Ennuyé de rester ainsi comme oublié, je m'en séparai un moment pour aller savoir ce qui se passait à la Chambre. J'y vis tout d'abord M. Odilon Barrot qui m'annonça la retraite présumée de Guizot, la possibilité d'un ministère Molé, enfin *que la position était détendue.* Sur ces entrefaites, arrive un officier de la 7e légion, porteur d'une lettre de M. Moreau, le maire, annonçant l'animation de la garde nationale, d'accord avec le peuple, et se trouvant en face de la soldatesque. M. Odilon Barrot répondit quelques mots à la hâte, pour calmer sans doute, par l'annonce de ce qui venait de se passer à la séance.

Je sortis en toute hâte, vers les quatre heures, pour rejoindre mes camarades dans les Champs-Elysées. On nous rangea sous les arcades du ministère de la marine où, dans la matinée, on avait fait charger les armes à la garde nationale, en face du peuple. Rien ne me parut *détendu* ni dans l'attitude du peuple, ni dans les mouvemens de la troupe. L'effet de la séance n'avait encore pénétré nulle part... Je repartis pour aller à Bercy rejoindre ma famille, et ce ne fut pas sans peine. Vers les 7 heures 1⁄2, à la hauteur du Pont-au-Change, je rencontrai une colonne armée de torches. C'étaient 30 gardes municipaux au moins, faits prisonniers rue Bourg-l'Abbé. Sans armes, sans shakos, ils avaient la pâleur de la mort et marchaient comme des condamnés qu'on conduit au supplice, au milieu d'une double haie de la garde nationale et de la ligne. Le peuple exaspéré criait: «A l'eau!» avec fureur. La tête de cette colonne fit mine d'enfiler le Pont-au-Change, et je regardai ces malheureux comme perdus, quand je m'élançai en avant et l'engageai à monter le quai Pelletier pour gagner l'Hôtel-de-Ville. Une fois passée à la hauteur du pont Notre-Dame, les dragons barrèrent le quai de la Grève et le peuple ne put suivre. Grâce à mon uniforme, je traversai et je vis avec satisfaction ces prisonniers déposés à l'Hôtel-de-Ville. Tout le reste des quais était tranquille ; je poursuivis ma route avec la conviction que la position, en effet, *était défendue*, et que le lendemain la rue serait tranquille. L'affreuse boucherie du boulevart des Capucines ne retentit pas jusqu'à mes oreilles.

En me levant, à huit heures, sous les convictions de la veille, je ne fus pas peu surpris d'apprendre, par les ouvriers de Bercy, que la nuit avait été très agitée et que la ville entière était soulevée et des barricades élevées partout. Je revêtis mon uniforme à la hâte et partis. A la barrière, tout le monde me disait de ne pas m'aventurer ainsi seul, que je serais bientôt désarmé par les groupes. Comme la garde nationale du quai intrà-muros de la Rapée semblait se réunir pour partir, je me joignis à elle ; mais toujours quelque incident la retardait, et je m'en séparai voyant arriver une brigade de troupe très nombreuse. J'accostai le général qui marchait en tète et qui me demanda la route de Vincennes où ils allaient attendre de nouveaux ordres ; depuis deux jours, à la Bastille, la position était devenue intolérable, la garde nationale protégeant le peuple qui élevait des barricades autour d'eux. Comme je faisais mes excuses à ce chef de 2,000 hommes armés, il me remercia au contraire de marcher avec eux, leur servant ainsi de protection. Ce langage commença à me donner la mesure du développement insurrectionnel.

Les bureaux de péage du pont d'Austerlitz, le corps-de-garde à côté et celui de la Bastille, étaient en feu. Je traversai le pont et me dirigeai, par le quai de l'Entrepôt et l'île Saint-Louis, du côté de la Grève. Je trouvai de nombreuses barricades, et l'île Saint-Louis, principalement, me paraissait gardée par une population tout étrange. Je ne rencontrai nulle part de gardes nationaux, et fus néanmoins respecté sous mon costume de capitaine, en fraternisant sur les barricades avec les héros-citoyens qui les défendaient si bien.

Sans incidens remarquables, j'arrivai enfin, vers les 10 heures 1|2, sur la place du Palais-Royal, après avoir traversé le Louvre et contemplé les forces imposantes massées au Carrousel. Les rues Saint-Thomas et de Chartres étaient libres, mais agitées par les préludes d'une vigoureuse attaque sur le poste du Château-d'Eau. Les hommes de garde dans la cour d'honneur venaient de livrer leurs armes, les municipaux du Château-d'Eau s'étaient réfugiés dans la cour des Tuileries, et les soldats du 14e de ligne, occupés à les garder sur la place du Palais-Royal, venaient d'entrer dans le poste et de s'y barricader.

Alors a commencé une lutte effroyable. C'est le point de Paris où la bataille a été la plus acharnée. Cent hommes ainsi retranchés tenaient tête à toute une population ; ils avaient des munitions en masse et le courage du désespoir. Aussi, n'ont-ils écouté aucune proposition d'amnistie. Ils ont d'abord repoussé un officier d'état-major envoyé en parlementaire, et ensuite le général Lamoricière en colonel de garde nationale, dont le cheval a été tué et son cavalier renversé au coin de la rue de Chartres et de la place du Palais-Royal. Il paraît que la fumée de leurs feux de pelotons les aveuglait et les enivrait en même temps. Obstination déplorable et courage bien mal dépensé ! Nous ne serions jamais venus à bout de ce poste sans l'idée de mettre le feu aux deux flancs du bâtiment. La maison que j'habite est adhérente à ce poste, elle en forme comme le derrière, et, à plusieurs reprises, nous avons essayé de percer le mur mitoyen recouvert par le réservoir d'eau. Après avoir allumé des bottes de paille contre la porte du *violon*, les voitures du roi, la plupart attelées dans les écuries (1), ont été traînées sur le lieu de l'incendie, et, en peu de minutes, dix-huit voitures magnifiques établissaient un brasier asphyxiant autour du poste. Les cris d'imprécations extérieurs étaient effroyables, à

---

(1) Les voitures de voyage du roi étaient prêtes depuis long-temps pour sa retraite ; mais l'écuyer commandant n'osait pas les envoyer aux Tuileries, malgré les ordres qu'il avait reçus, de peur de décourager la troupe par la vue de ces véhicules de sauve-qui-peut.

chaque nouvelle victime. A l'intérieur, on n'entendait rien, et, sans les feux plus ou moins vifs que lançait cette citadelle, on l'eût pu croire déserte. On se promettait bien de ne faire aucun quartier à cette garnison obstinée et meurtrière. Long-temps après et successivement, un, deux, trois soldats se traînèrent hors du poste enflammé. Aussitôt je m'élançai au devant des coups mortels qui allaient être portés par une foule animée, et je ne pus arrêter sa première fureur qu'en criant qu'il fallait d'abord les interroger pour savoir au juste ce qui pouvait rester de garnison dans le poste, en hommes et en munitions. Le premier que j'entraînai ainsi était déjà gravement blessé; nous l'étendîmes sur des coussins de voitures dans la cour de ma maison. C'était un alsacien, dont les réponses étaient inintelligibles, même pour mon portier, qui parle pourtant ce même patois allemand. Le second était un tout jeune homme, mais qui rendit le dernier soupir sur les trottoirs de M. Parly. Le troisième était le moins malade ; nous le conduisîmes sur la place, dans la maison du café de *la Régence*, où un chirurgien, M. Cohen fils, s'était offert à le soigner. Cet homme était sous l'impression d'une terreur si grande que, même en le menaçant de le jeter du 3e étage sur la place s'il ne répondait pas franchement, je dus renoncer à rien apprendre de lui, et l'abandonnai aux mains du chirurgien.

Un homme que je fus rejoindre quelques minutes, était depuis plus d'une demi-heure à se promener sur la place du Palais-Royal, tout autour des voitures en feu, au milieu des divers combattans, et comme s'il était assuré contre les balles. Ce brave était Dumoulin, l'ancien officier d'ordonnance de l'Empereur, qui semblait là dans son élément, et que je devais retrouver plus tard, avec son énergique activité, à la chambre des députés et à l'Hôtel-de-Ville.

Lorsque, sur les 2 heures, le feu du poste parut éteint, on s'élançait pour y entrer, par les embrasures enflammées, et je dus modérer l'ardeur de cette intré-pide jeunesse, en lui faisant comprendre que les munitions, encore en grand nom-bre dans le poste, pouvaient faire explosion d'un moment à l'autre. Rien ne les ar-rêtait et l'on voulait compter tout de suite les cadavres. J'entendis derrière moi, les cris d'un malheureux que l'on maltraitait parce qu'il se sauvait du Palais-Royal avec un héron empaillé. Je ne pus l'arracher à une mort presque certaine, qu'en lui enlevant violemment son oiseau, que je jetai dans le vaste brasier allumé sous les fenêtres du Palais-Royal, et qu'alimentaient continuellement les plus regret-tables objets d'arts et de science, tels que toiles de peintures et livres ou tentures ; c'était une concession indispensable, quelque déplorable qu'elle fût.

J'envoyai chercher les pompiers, qui arrivèrent en courant, et je les installai d'abord dans la rue Fromenteau, d'où le feu était plus menaçant pour notre maison adhérente au poste, que sur la partie située rue Saint-Thomas-du-Louvre. Après cela, j'abandonnai tout mon mobilier à la grâce de Dieu, et je me rendis à la Chambre des députés. La séance était dans le plus grand désordre, et l'on achevait d'y proclamer le Gouvernement provisoire. Il fallait le conduire à l'Hô-tel-de-Ville. On criait : « Un garde national et un homme du peuple pour protéger M. de Lamartine ! » Le patriotisme et l'amitié inspirant Bastide, il prit d'un côté M. de Lamartine, et je reçus de celui-ci son second bras. Nous prîmes la tête du convoi, que j'organisai rapidement, deux tambours en avant, suivis d'un drapeau, que son propriétaire aux bras nus offrait avec empressement. Sur quatre de front, nous sortîmes de la salle des séances, et gagnâmes le quai d'Orsay. Ledru-Rollin marcha long-temps à côté de nous. La foule n'était pas très compacte ; nous lon-geâmes assez paisiblement la rive gauche de la Seine jusqu'au Pont-Neuf. Au Pont-Royal, nos tambours et le drapeau formant tête de colonne, s'étaient dirigés du côté des Tuileries. Nous ne les avions pas suivis, préférant le côté de la Seine le moins encombré de peuple. Dupont (de l'Eure) venait derrière nous dans un petit cabriolet, son grand âge l'empêchant de marcher. M. de Lamartine, quoi-que grippé, était soutenu par son énergie, et mourait de soif. Deux fois dans le parcours je me procurai de l'eau rougie pour lui donner la force d'arriver, à tra-vers les barricades, jusqu'à cet Hôtel-de-Ville, où nous attendait une foule pres-qu'impossible à percer. Tout le long de la route, nous avons proclamé le Gouvernement provisoire et le nom {de Lamartine en le montrant; le peuple se découvrait et répondait, quoique avec surprise, à nos vivats.

Arrivé à l'Hôtel-de-Ville, dont je ne connaissais pas les avenues, je m'enfonçai jusqu'au fond de la cour avec M. de Lamartine, et au lieu d'y trouver un escalier, c'étaient les chevaux ou les blessés que nous rencontrions. Il fallut revenir sur nos pas, et comme la queue nous avait suivis, ce ne fut qu'après des efforts surhumains que nous pûmes arriver jusqu'à l'escalier. Portés ensuite par la foule, nous entrâmes dans un petit salon, pendant que les autres membres du Gouvernement provisoire erraient dans d'autres parties. Pour occuper le temps, M. de Lamartine, monté sur un canapé, entretenait la foule avec cette parole élégante, patriotique et abondante, sûre de trouver de l'écho dans tous les cœurs. Mais le temps marchait, la foule grossissait et était plus impatiente. Je me détachai et fus à la découverte. En longeant un corridor étroit où le public ne se portait pas, j'entrai dans une petite pièce déserte qui communiquait à un cabinet spacieux également désert. Il me sembla bon, après avoir été étreint deux heures dans les bras de la foule, de respirer seul dans un endroit écarté. Un bon feu était allumé, et sur un bureau parfaitement ordonné, étaient plusieurs liasses de papiers. Je me mettais en devoir de les parcourir, lorsque j'aperçus dans l'ombre comme une espèce d'homme tout vêtu de noir qui n'osait pas approcher. — Que voulez-vous ici? lui dis-je d'une voix animée. — Il balbutie. — Où suis-je? — Dans le cabinet de M. le préfet. — Où est-il donc ce préfet? — Il n'y a que dix minutes qu'il est parti.— Son fauteuil était encore chaud. Je m'y assis, et parcourant un énorme dossier, je comptais y trouver des papiers relatifs aux événemens; ce n'étaient que des rapports sur l'octroi de Paris, pièces bien insignifiantes dans les circonstances. — C'est bon, dis-je à l'huissier en posant mon shako; qu'on me laisse.— Cet homme obéit comme à son ancien maître. Je courus sur ses talons pousser le verrou, et je poursuivis de l'autre côté, enchanté d'avoir trouvé

Un endroit écarté,
Où *de se réunir* on eût la liberté.

Deux ou trois pièces également vides se présentèrent à mes yeux. Alors, je cherchai à retrouver mon chemin pour joindre M. de Lamartine. J'y parvins, non qu'il fût resté à la même place, mais les clameurs de la foule me l'indiquèrent. Il avait rejoint M. Dupont (de l'Eure) et M. Crémieux. Alors, je les attirai vers mes solitudes. Elles se peuplèrent jusqu'à un certain point. Cependant, nous parvînmes à fermer la porte, et nos efforts en arcs-boutans pour empêcher qu'elle ne fût forcée, réussirent quelques instans. On put commencer à travailler. M. de Lamartine, sans perdre de temps, prit du papier et une plume, et commença, ainsi que M. Crémieux, à rédiger un manifeste. Mais la tranquillité du moment fut vite troublée par la foule et les députés soi-disant du peuple qui venaient imposer leur volonté au nom de ce nouveau souverain tout-puissant. Il fallut suspendre et combiner une fugue dans la pièce à côté. Pendant que les orateurs étaient le plus en train de pérorer, montés à triples rangs sur nos épaules, nous filions un à un dans la pièce à côté, et leur animation était si vive, que le Gouvernement provisoire avait changé de pièce, qu'ils continuaient encore à discuter entre eux. Plût au ciel qu'ils s'y fussent plus long-temps oubliés!

Cependant, à force d'étayer les portes avec nos épaules, nous pûmes avoir assez d'éclairci pour travailler. Lamartine acheva son manifeste; les commissions des membres du gouvernement furent dressées. Etaient alors présens Garnier-Pagès, Lamartine, Crémieux, Dupont (de l'Eure). Ledru-Rollin arriva, et M. de Lamartine lui soumit son projet. Un moment de silence solennel eut lieu. Il s'agissait du sort du pays Ledru déclara qu'il adoptait le manifeste, en demandant seulement qu'aux *formes républicaines* fût substitué le mot la *République*. C'était grave, et cependant après quelques secondes, la réponse fut affirmative. M. de Lamartine écrivit, et je copiai. Marie arriva et prit place autour de la table. On me chargea de faire la nomination de F. Arago pour la lui envoyer. Ce grand citoyen était malade et retenu chez lui ; il n'avait pas encore paru de la journée ; mais il n'avait pas été oublié à la chambre et ne pouvait pas non plus l'être à l'Hôtel-de-Ville. On l'y vit paraître vers les sept heures. Une bonne femme se trouvait seule parmi cette réunion d'hommes. Elle se penchait avec une espèce de sentiment d'intérêt et hochait la tête en signe affirmatif ou négatif à chaque proposition. Une voix stentorienne s'écria : « Les Tricoteuses ont donc place au Gouvernement provisoire ! — Paix donc, lui répondit-on, c'est le guide et le bâton du vénérable Dupont. » Et la bonne femme, inséparable de son maître, continua sans trouble à prendre sa part dans l'enfantement laborieux de la République.

« Molière avec succès consultait sa servante. »

La République venait juste d'éclore et n'était pas publiée. Il pouvait être six heures. Les dernières clartés du jour tendaient à s'évanouir, et les huissiers, remis de leur première frayeur, disposèrent les lampes sur les tables, et furent, un peu plus tard, nous chercher un broc de vin chez le marchand du coin, et un fromage de Gruyère chez l'épicier. Un verre et deux couteaux composaient tout le matériel de ce repas improvisé. C'est ainsi que dînèrent les représentans d'un peuple de 36 millions d'âmes, et comme le dit avec gaîté M. de Lamartine : « Repas d'un heureux augure pour un gouvernement à bon marché, cette fois-ci ! »

M. Arago ne tarda pas à arriver, ainsi que les patriotes qui nous sont les plus chers, Pagnerre, Carnot, Recurt, Bethmont, Bixio.

Crémieux était d'une activité merveilleuse, et M. de Lamartine ne quittait pas la plume. Quel enfantement immense et que de choses à faire, sans avoir pour appui matériel un seul soldat, pour point de droit et de départ, autre chose que la nécessité et la conscience de la confiance publique ! Tout se régularisait petit à petit. On pourvoyait aux postes les plus importans : les lignes de chemins de fer et le télégraphe. Quand on parla de la Préfecture de police, on sut que des patriotes énergiques s'y étaient établis ; de même, à la Poste ; on avait déjà désigné M. Bethmont pour cette direction, et l'on apprenait qu'Étienne Arago avait pris l'initiative d'annoncer, par le départ des malles, la République aux départemens. Il n'est qu'un sujet à peu près omis et dont je n'entendis pas un mot ; qu'était devenu Louis-Philippe, et quelles mesures devait-on prendre contre lui ? Le sentiment de son impuissance, de sa fuite sans combattre, avaient rendu tous les esprits indifférens sur son compte, convaincu qu'il n'était plus à craindre en face de la République proclamée et triomphante.

On parla des diamans de la couronne et des Tuileries ; désigné pour aller sauver ce foyer de tant de richesses, je n'hésitai pas une minute, rédigeai ma commission comme j'avais écrit celle de plusieurs membres du Gouvernement provisoire, et quand elle fut en règle et signée par tous, je n'eus plus de prétexte pour différer mon départ (1). Le commandant Dumoulin me retint cependant en me disant : « Je vais me charger du Louvre, et nous partirons ensemble. » Il m'en coûtait beaucoup de quitter le siége du gouvernement dans des circonstances encore si périlleuses. J'aurais voulu passer la nuit à l'Hôtel-de-Ville ; mais qu'y aurai-je fait encore, moi si secondaire, alors qu'au premier rang j'avais un théâtre brûlant à sauver, et que chaque minute pouvait compromettre ? « Allez sauver les Tuileries, » me dit M. de Lamartine. Je n'hésitai plus, et lorsque la commission de Dumoulin fut en règle, je partis avec lui, et en sautant force barri-

---

(1) Le Gouvernement provisoire nomme M. Saint-Amant, capitaine de la première légion, commandant supérieur du palais des Tuileries.
Fait à l'Hôtel-de-Ville, le 24 février 1848.

Les membres du Gouvernement provisoire,
Ad. CRÉMIEUX, GARNIER-PAGÈS, LEDRU-ROLLIN,
LAMARTINE, DUPONT (DE L'EURE.)

(Inséré, le 25, au Moniteur et au Bulletin des lois, avec toutes les signatures des membres du Gouvernement provisoire.)

cades, nous arrivâmes enfin à nos postes. Le calme dont jouissait le Louvre me déterminâ à insister auprès du vieux soldat pour qu'il vînt m'introduire au palais des Tuileries, étincelant de toute espèce de feux et de lumières.

Par où commencer et comment rendre toutes les scènes du drame saisissant qui, pendant treize jours, suspendit le cours de mon existence pour tout autre chose que les Tuileries ! « Allez sauver les Tuileries ! » Cette parole me poursuivait sans cesse. Je sentais que je ne venais pas défendre, mais reconquérir cette proie sur un peuple de braves sans doute, mais mêlé aussi de *premiers-venus;* et comment les distinguer, à quels signes les reconnaître, pour écarter les uns et employer les autres? C'était à ne savoir par quel bout attaquer la place. Nous enfilâmes le guichet de Flore, du côté du Pont-Royal. On entrait dans cet ancien séjour, si bien gardé quelques heures auparavant comme sur la place publique, et ceux qui ne se trouvaient pas alors aux Tuileries, étaient ceux qui n'avaient pas voulu y occuper une petite place. Du reste, le nombre des amateurs était grand. Le premier que je rencontrai me dit : — « Que venez-vous donc faire ici, pendant que votre maison brûle, et que les pompiers et la chaîne s'épuisent, depuis plus de six heures, à arrêter les progrès de l'incendie, communiqué aux pièces au dessus de vos appartemens par le poste incendié du Château-d'Eau? » — « J'arrive ici pour qu'il n'en arrive pas autant à ce magnifique monument, bien autrement précieux que mon petit mobilier. Puisque les pompiers sont rue Saint-Thomas-du-Louvre, au nom de la République et du Gouvernement provisoire que je représente ici, faites acte de bon citoyen et allez les chercher. Qu'ils viennent vite avec leurs pompes ! » — Une demi-heure après je pus disposer de deux pompes et de six sapeurs-pompiers.

Nous entrâmes sous le premier vestibule en perçant une foule épaisse et passablement bruyante et échauffée. Pour obtenir un peu de silence, Dumoulin prit un tambour, lui fit battre trois bans, et me proclama le gouverneur des Tuileries. — « Nous en avons déjà vu des milliers, s'écrièrent en chorus des voix assez peu disposées à se soumettre à l'ordre. » — En poursuivant ma route à travers cette même foule, je parvenais à leur faire comprendre que je ne venais au milieu d'eux que comme un brave citoyen de plus, qui voulait régulariser officiellement leur victoire, arrêter tous les excès qu'ils blâmaient eux-mêmes, et qu'à cet effet il fallait que dans chaque localité une autorité, librement élue, représentât l'ordre et la force. — « Il y a eu trop de désordre regrettable pour tous, ceux qui l'ont commis ont cédé à un premier mouvement politique, et quelques ennemis de la victoire du peuple y ont poussé des hommes coupables, qui ne sont plus parmi vous, dont ils redouteraient la justice expéditive. Répétez partout l'affiche que de vous-mêmes vous avez inscrite sur ces murs : « *Mort aux voleurs.* » A votre patriotisme est désormais confiée la garde du Palais ; tout ici est maintenant à nous, et rien au prince chassé. Faites donc respecter la propriété nationale, et vous aurez encore plus mérité de la patrie. En achevant promptement la réorganisation de vos postes, vous empêcherez que des hommes qui n'étaient pas à la prise des Tuileries, puissent se confondre avec vous les véritables vainqueurs, qu'il n'arrive des hommes du lendemain pour vous disputer l'honneur de la victoire, et d'une victoire pure et sans tâche. Je reviendrai à tout moment vous revoir, vous compter, vous serrer la main, et nous enregistrerons soigneusement tous les titres que

vous allez consolider et acquérir de nouveau aux récompenses de notre jeune
République. Croyez bien que je saurai les faire valoir en toute circonstance. — Vive la République ! Vive le Gouvernement provisoire ! »

Sur tous les tons j'ai répété cent fois au moins, et quelquefois trois heures
de suite, ce même thème, avec les variantes nécessaires, préliminaires et sub-
sidiaires, pour trouver accès dans ces natures si diverses et si bizarrement
alliées par le hasard, au milieu de tant de gens magnanimes mêlés à quelques
natures perverses !

Pendant ces premières heures , je m'évertuai à parler ainsi à plus de deux
mille citoyens qui remplissaient toutes les salles du palais, le langage qui
pouvait donner aux bons une influence sur les méchans. J'eus bientôt la certitude d'avoir attaqué juste, et, à défaut d'une force matérielle impuissante
contre ces masses insubordonnées, j'acquis une certaine force morale qui me
permit même de sévir, avec vigueur et énergie, contre de vicieuses indi-
vidualités.

Je ne connaissais nullement le palais des Tuileries, vaste labyrinthe dont
l'intérieur est semé de tant d'accidens et d'irrégularités. Les principales
portes étaient enfoncées, mais il existait encore une quantité de fermetures
qui n'avaient pas été attaquées, et par lesquelles les communications étaient
plus rapides.

Le commandant Dumoulin m'avait quitté dès le second poste, et j'avais
besoin de me constituer un état-major. Car, seul et isolé, que peut-on ? Le
bonheur voulut que dans la cour j'aie rencontré un digne homme de ma
connaissance, et qui réunissait aux conditions les plus heureuses pour me
seconder, l'assemblage de toutes les qualités de probité, activité, intelligence et dévoûment. Il était, en un mot, tel que j'aurais pu le rêver, et à
chaque instant je bénissais le ciel d'avoir un pareil compagnon. Sans doute,
je dois du moins l'espérer, je serais parvenu sans lui à accomplir ma mission, mais, incontestablement , beaucoup moins bien , et avec encore plus
de peine, de tracas, de dangers, car il a tout partagé. Ce brave Gally,
régisseur en second du palais des Tuileries, en connaissait les issues les plus
secrètes, le personnel restant, les endroits les plus faibles comme les plus
importans.

Quand je le rencontrai dans la cour, entre onze heures et minuit, il avait
déjà rendu bien des services de conservation ; mais il n'entrevoyait pas de
fin à tant de désordre, et pouvait craindre d'un moment à l'autre de perdre
le fruit de son dévoûment, et de voir s'abîmer la magnifique résidence dont
il connaissait mieux que personne toute l'importance et les richesses. Il
apprit avec une joie indicible que j'étais l'envoyé du Gouvernement provisoire, qu'une autorité officielle allait enfin présider à la conservation du
Palais, et quelque difficile que parût cette tâche, on pouvait arriver encore à
temps. Je le prévins en lui disant que je comptais sur son concours, et
qu'il fallait donner à nous deux tout ce que nous avions de force, de dévoûment, pour triompher de tous les périls. Jamais appel ne fut mieux entendu.

Il me conduisit tout d'abord au rez-de-chaussée du pavillon Marsan, au
milieu des appartemens du duc d'Orléans. Tout y avait à peu près été
préservé de l'envahissement de la foule, grâce à la présence en majorité de
bons et honnêtes citoyens. Je voudrais pouvoir les citer tous ; mais, parmi eux,
je ne puis oublier M. Favre, ancien élève de l'École polytechnique, en costume de l'école, qui m'a servi plusieurs jours de commandant en second.

Il était chef de ce poste, M. Legentil, lieutenant de la 2ᵉ légion de la garde nationale, partageait l'autorité avec lui ; plusieurs enfans du peuple les avaient secondés on ne peut mieux (1). Grâce à ces bons citoyens, tout avait été conservé en ordre mieux que partout ailleurs. Aussi ai-je établi et maintenu dans les appartemens de la duchesse d'Orléans mon quartier-général, rappelant à tous, quand besoin en était, que nous aussi, nous devions être les défenseurs de la veuve et de l'orphelin.

Le feu ! c'était là ma grande frayeur, et l'on a vu mes premières précautions pour l'empêcher : les sapeurs-pompiers introduits ; et certes, en face de vingt feux de bivouac, alimentés par les meubles brisés et tous les papiers qu'on en retirait, il était permis déjà de craindre que les flammèches qui s'élevaient de tous ces bûchers, ne se communiquassent aux autres parties du bâtiment, où les cheminées, d'ailleurs, étaient déjà bourrées outre mesure. A l'Hôtel-de-Ville, toute la nuit, le Gouvernement provisoire n'entendit parler que de l'incendie des Tuileries, et la trésorerie qui fait suite au pavillon Marsan, était chauffée vivement ; mais les pompes ont fonctionné avec énergie, et notre surveillance, constante et active, a préservé le théâtre du palais. Les décors, amoncelés sur la scène, offraient tous les alimens de destruction, et les matières inflammables que nous découvrions à plusieurs reprises sous le théâtre ou au milieu des décorations brisées, trahissaient d'infâmes projets ou au moins des imprudences extraordinaires, quand c'étaient des pipes non éteintes ou des allumettes chimiques que le moindre choc pouvait faire éclater. Dans une petite tourmente de la nature, les étincelles couvraient la façade du bâtiment, et les ardoises, tombant comme la grêle, mettaient les combles à découvert. J'eus assez d'autorité à ce moment pour faire éteindre tous les feux extérieurs, et je n'eus plus qu'à veiller au dedans. Heureusement, un poste du théâtre, quoique diabolique par son esprit d'indépendance, avait mis sa gloire à sauver de l'incendie la part qu'il s'était arrogée. Mes préventions particulières, les dangers qui m'y ont menacé, ne me rendent pas injuste. Je me plais à reconnaître les services rendus par ces *vieux ennemis*.

M. Delamarre, de Versailles, avait aussi organisé un excellent poste, sous le nom de *Pompiers improvisés*, qui se montra toujours digne de sa mission et de son chef, soit pour le feu, soit pour l'ordre et la police. J'eus occasion d'apprécier tout cela dès le début.

Le pillage ! quelle chose horrible ! qu'elle jette de tristesse dans l'âme lorsque celle-ci ne voudrait que s'élever à tous les délices d'une belle conquête et à l'enivrement d'actions, héroïques ! Quelles bassesses à côté de tant de grandeur et de sublimité ! Supplice affreux ajouté à celui de ne pouvoir distinguer le faux du vrai ! que le poète avait raison :

Et ne devrait-on pas à des signes certains,
Reconnaître le cœur des perfides humains ?

Obligé de presser, avec une étreinte égale, la main du misérable et celle

---

(1) Je distinguai tout de suite un jeune homme que j'attachai à mon état-major, Jules Houillier, de la 7ᵉ légion. Il ne m'a pas quitté un instant. J'espère bien ne le céder à personne, car il a acquis trop de droits à une bonne récompense, pour que je ne veille pas à ce qu'il l'obtienne sous mes yeux.

de l'homme honnête et vertueux. Affreuse égalité dont on ne peut s'affranchir ! et, lorsque les ombres commencent à s'éclaicir, la politique vous commande encore la dissimulation. Rude et cruel métier que celui de ne pouvoir à son aise flétrir le crime et honorer la vertu ! Il a fallu pendant treize jours, d'autant plus longs qu'ils étaient sans nuits, renoncer à séparer, ostensiblement, l'ivraie du bon grain. Nous y parvînmes pourtant, et l'on en verra les conséquences, incomprises un moment.

Lors de l'entrée du peuple aux Tuileries, vers une heure, il y eut quelques coups de feu tirés par les envahisseurs, mais un seul atteignit un homme, un piqueur fort innocent (1); les autres balles étaient pour les bustes et les portraits de Louis-Philippe et des princes impopulaires. Le premier mouvement des hommes désappointés de n'avoir pas à se battre, était, en entrant dans des salons non défendus, de se jeter sur les fauteuils et les canapés, et de s'y bercer avec délices pour compenser la contrariété d'une victoire trop facile ; le second mouvement était l'admiration pour tant de belles choses tombées dans des mains qui ne possèdaient rien ; car, à la différence de juillet 1830, ce n'étaient pas les classes bourgeoises (celles-là étaient en corps dans la garde nationale), mais la classe ouvrière seule qui combattait isolément. C'est ici le moment d'oser dire que si la garde nationale, 2e légion, qui était en nombre rue de Rivoli, ou la 10e qui était de l'autre côté du palais, fussent entrées l'occuper, rien n'aurait eu lieu de repréhensible. On eût beaucoup regardé, mais rien n'eût été pris ni brisé. Le sort a voulu que les chefs de cette milice honnête n'aient pas compris ce mouvement. L'incertitude des évènemens permet-elle de voir toujours juste, et de raisonner sainement dans de pareilles circonstances? Pouvait-on, à cette heure-là, croire Louis-Philippe *pire que Charles X?* (sic.)

Pendant une heure, il n'y eut pas de pillage, et tous ceux qui ont été présens s'accordent à le dire. A chaque velléité douteuse, il suffisait de quelques accens honnêtes pour l'étouffer. Mais on descendit aux caves où l'on ne garda aucune retenue ; on découvrit chez le prince de Joinville deux barils de rhum, et après ces libations, les malotrus revinrent à leurs instincts : ils ne connaissaient plus ni le frein, ni la voix. Pour se cacher à eux-mêmes l'horreur de leur conduite, ce n'est pas dans les grands salons, là où ils étaient nombreux, c'est dans les petites localités qu'ils se répandirent d'abord, et qu'ils ont continué à commettre le plus de forfaits. Les serviteurs, dans leurs appartemens retirés, ont été beaucoup plus maltraités que les maîtres. Quelques-uns des envahisseurs, pour dissimuler leur cupidité, s'en prenaient d'abord aux glaces, aux décors ; ils frappaient impitoyablement comme pour donner une couleur de fureur politique à la bassesse de leurs intentions. Hommage indirect à la pudeur et à la pureté du mouvement qui avait armé le flot populaire contre la monarchie !

On en était au repos quand je suis arrivé, et les maraudeurs seuls travail-

---

(1) Le matin, de neuf heures à midi, tout le monde perdit la tête ou manqua de cœur aux Tuileries. Il était bien tard, sans doute ; néanmoins, je suis convaincu que si un fils du roi se fût mis à la tête des troupes pour se montrer devant les barricades, il eût été tué, mais sa mort eût pu désarmer la colère d'un peuple généreux et sensible. et permettre peut-être l'établissement de la régence. Louis-Philippe, avant de partir, ne faisait que répéter : « Surtout ne tirez pas. » Si c'est par humanité, pourquoi donc avoir provoqué et engagé la bataille?

laient encore. Qu'il y avait d'habiles gens dans les premiers momens ! Ils s'étaient élancés dans la Tour de l'Horloge, et les marteaux qui frappent l'heure, transformés en béliers, avaient été échangés par eux, instrumens honteux, contre l'arme des combats. Un homme dont le nom échappe à l'histoire, (était-il le plus coupable ?) avait été fusillé comme voleur sous le vestibule de l'Horloge. C'est le seul meurtre aux Tuileries dont on ait eu connaissance. Les mystères des caves sont horribles et nous n'en parlerons pas ; mais aucun cadavre n'y a pourtant été découvert. Je me suis toujours opposé à toute exécution sanglante. Un châtiment honteux, ou l'arrestation, ont été substitués à la mort, malgré la promulgation de leur nouveau code en gros caractère : « Mort aux voleurs, » inscrit encore sur tous les murs.

Une des meilleures mesures prises par d'honnêtes citoyens indignés des rapines, avait été de constituer aux principales portes, un service pour fouiller tous ceux qui se présentaient pour sortir. Je généralisai cette mesure, et en augmentai la sévérité. C'est incroyable tout ce qui fut sauvé et arraché ainsi à la dévastation ; l'*exposition* organisée par M. Gally, qui eut lieu sur le théâtre pendant huit jours, espèce de *morgue* aux effets, a pu le faire juger à ceux qui y sont venus reconnaître et reprendre leur bien. Le côté du jardin nous a contrarié beaucoup dans notre blocus du palais. La plupart des clôtures étaient rompues, et les communications beaucoup trop libres, n'étant gardées que par les factionnaires de la garnison volontaire. Les portes des grilles du jardin avaient été forcées ; ce ne fut que quarante-huit heures après, que je les pus faire cadenasser, remettre en état et interrompre tout accès dans le jardin, soit du palais, soit de l'extérieur. Le jardin, au grand regret des promeneurs, est resté ainsi hermétiquement fermé jusqu'au 7 mars. Aussi, cet admirable jardin n'a-t-il rien souffert de la révolution ni dans ses monumens d'art, ni dans ses plantations. La République l'a reçu de la monarchie dans tout son éclat. Il n'y a eu rien de changé, qu'un arbre de plus, celui de la Liberté !

Pour compléter les mesures de sûreté, je dus défendre l'entrée et la sortie du palais sans un laisser-passer, et une défense absolue, complète, de rien emporter, et sous quelque prétexte que ce pût être. Les fourgons pour le Trésor étaient la seule et unique exception à cette consigne, que j'ai impitoyablement maintenue jusqu'au 8 mars, et dont l'avantage a été commun aux intérêts de l'État, comme à ceux de tous les tiers engagés dans la question. La plupart de ceux-ci, attachés de tous les grades à l'ancienne famille royale, manquaient de tout, et dans leurs besoins urgens ne se faisaient pas un scrupule de l'importunité. Il était d'ailleurs si dur de ne pouvoir arracher tout de suite ce qui avait été préservé, et que nos efforts réunis défendaient incomplètement. J'écrivis au ministre de l'Intérieur pour enlever à tout évènement les tableaux et les porter au Louvre. Il m'envoya immédiatement MM. Mérimée et Léon de Laborde qui firent prendre plusieurs tableaux. M. Cavé arriva peu après, et M. Châlons d'Argé, accrédité pour les objets d'art par M. Andryane, ne nous a guère quittés, et a rendu de très grands services à la cause de l'ordre. Il a fait partie de toutes les commissions conservatrices, et s'est acquitté de ses fonctions en homme de cœur et de travail, au milieu de toutes les émotions populaires.

Le Palais des Tuileries, bien certainement le lieu du monde où se trouvaient entassées toutes les superfluités de l'opulence, vaste *Eldorado* de la famille la plus riche du monde, est une construction inconcevablement irrégulière à l'intérieur. Emménagé par l'égoïsme, ses distributions, qui appartiennent à divers règnes, sont un vaste labyrinthe où il faut avoir vécu long-temps pour se reconnaître et éviter les surprises ; un vieux terrier n'est pas percé de plus d'ouvertures. On croit avoir clos une localité, quand toutes les portes apparentes ont été barricadées, et l'on est tout surpris de trouver ensuite des escaliers tortueux y donnant accès des étages inférieurs ou supérieurs ; des portes masquées par les tapisseries , et une quantité de vasistas défendus par une vitre mobile ; c'est à rêver l'impossible, si l'on ne coupe pas les grandes artères de communication. C'était là justement ce que nous ne pouvions opérer. Aussi, perdions-nous constamment le fruit de nos conquêtes, et retrouvions-nous des traces infidèles, là où nous avions cru assurer notre seule domination. Par un personnel très nombreux de gardes et de valets, les anciens maîtres établissaient leur sûreté au milieu de corridors et de pièces privées de jour , où les lampes , comme sur l'autel des vestales, brûlaient sans solution de continuité.

Ces digressions sont utiles pour bien faire comprendre combien de fois nous étions obligés de recommencer, pour être maîtres au lieu et place des occupans, et pour prévenir de nouvelles visites ; sans parler encore de nos cadenas et scellés continuellement brisés, des fausses clefs restées entre les mains des anciens serviteurs, et enfin des *monseigneurs*, dont ces lieux semblaient avoir le triste privilége.

Dans un tourbillon semblable, où la multiplicité des yeux d'Argus et les cent bras de Briarée n'eussent pas été suffisans, j'adoptai l'ordre le plus propre à procéder avec fruit. Je m'attaquai au plus précieux. Les papiers et les livres n'étaient pas les objets les plus convoités. On brûlait pour satisfaire à un besoin de destruction. J'en fis sentir l'odieux, et le danger à la fois, et j'obtins assez promptement satisfaction , jusqu'au moment où la garde nationale elle-même, et les curieux d'autographes vinrent à leur tour faire des fouilles contre lesquelles il fallait organiser des rondes perpétuelles.

Penser à rédiger des procès-verbaux réguliers, eût été perdre un temps qui pouvait se bien mieux employer. Les garans que j'employai toujours, en guise de cire et de cachets , étaient les mains pures et loyales des élèves de l'Ecole polytechnique. Personne ne les suspectera assurément ; mais il faut les avoir vus si admirablement à l'œuvre, pour apprécier tous les services qu'ils ont rendus dans cette mission de confiance, où les élèves de Saint-Cyr ont souvent rivalisé avec eux, surtout aux postes les plus périlleux. Nobles et héroïques enfans qui promettent à la patrie des générations dignes de la République , dont ils ont, à côté de leurs pères, si bien protégé le berceau ! Arracher des diamans et de l'or à des meubles à moitié fracturés, à des mains encore honnêtes qui pouvaient succomber à la tentation, à des localités encore respectées, tel était le métier qu'il fallait accélérer ; emballer ces richesses et les faire filer loin d'un théâtre sans cesse menacé, absorbaient tous nos instans et de nuit et de jour. Le samedi matin , j'expédiai un premier fourgon pour le Trésor. Fort de l'esprit public dominant et sans me laisser aller à aucune des craintes que les passions cupides inspiraient encore , je fis venir un fourgon royal, et là nous entassâmes nos coffres. Deux élèves de l'Ecole polytechnique ou de Saint-Cyr, des gardes nationaux mêlés à des enfans du peuple en armes, ont escorté, sans une ombre de danger, tous les fourgons ostensiblement chargés de trésors et dirigés vers la caisse publique. Que n'ai-je eu la mission de sauver les diamans de la couronne déposés à la trésorerie contiguë au palais des Tuileries ? J'aurais écrit en grosses lettres sur le fourgon : *Diamans de la nation* , et ces mots auraient été aussi puissans sur le peuple (qui rend toujours confiance pour confiance), que : *Honneur au courage malheureux , blessés de février* ; tous les diamans seraient au moins arrivés intacts au Trésor, à l'honneur, à la gloire, comme au profit de tous.

J'ai continué depuis ce moment à faire les mêmes expéditions au ministère des finances , et souvent jusqu'à deux envois par jour. Les précautions d'accompagnement semblaient une superfluité, et nous aurions pu finir par envoyer les écrins à découvert par le garçon de bureau tout seul.

Après cette première nuit du 24 au 25 février, je vis arriver de si grandes masses de peuple, qu'il était impossible de songer à lui barrer le passage. Nous eussions été débordés , ne pouvant compter sur une discipline assez complète pour soutenir le siége, mais j'obtins du moins, de l'amour-propre des quarante-six postes populaires qui tenaient le château, qu'ils feraient respecter chacun la position qu'ils avaient prise sous leur autorité, et généralement ils n'y manquèrent pas. Toutes les belles localités furent protégées, et les mauvaises intentions se réfugièrent dans les combles où elles achevèrent le travail de la veille. C'était une femme échangeant ses sales vêtemens pour des robes de soie ou de dentelles, des hommes en blouses plaçant dessous, des habits noirs ou une livrée brillante ; d'autres, remplissant leurs poches de brocarts ou de franges d'or , et des bandes de rideaux ou des torsades faisant l'office de ceintures. L'argent, il n'en faut pas parler , *il n'a pas de couleur* , disaient ces *braves gens*. Mais un grand nombre encore de ces rapines étaient reprises, et sans trop de résistance, aux portes de sortie , où le fouillage était devenu plus sévère. A la nuit, nous retrouvâmes un peu de tranquillité, et notre police centrale prépara un lendemain mieux ordonné. Nous tînmes toutes les grilles fermées jusqu'à midi, et alors seulement, pour satisfaire l'avidité d'une foule pressée et impatiente, nous fîmes faire la queue et creusâmes le lit à ce torrent, obligé de passer entre des gardes, et de défiler sans dévier depuis la porte de la Chapelle jusqu'au pavillon de Flore. Pour dernier spectacle s'était établie sous l'ancien vestibule du roi, une déesse de la Liberté (1), trônant la pique en main, dans l'immobilité d'une statue, sur des monceaux de vêtemens produit des restitutions forcées. A cinq heures, nous restâmes *en famille*.

La garde nationale me manquait toujours. Dès le premier instant, j'avais fort bien compris que c'était seulement avec de nombreux postes de cette garde citoyenne, que je parviendrais à gêner les mouvemens des *Enfans du Peuple*, et à les faire écouler avec un peu de rapidité. J'écrivais lettre sur lettre au Gouvernement provisoire et à l'État-major général sans réussir à obtenir assez de monde. Une inégalité désespérante présidait, en outre, à ces contingens quotidiens et entravait tout le service. Il fallut décidément renoncer à ce moyen, et je trouvai du reste tant d'ardeur militaire dans mes volontaires en guenilles, que nous instituâmes un service de nuit comme dans une place forte : la surveillance contre l'extérieur, dans la cour et le jardin, ne laissait rien à désirer. On pouvait seulement craindre quelquefois

(1) C'est la seule femme qui soit restée aux Tuileries, et encore les trois premiers jours seulement. Elle servait à la fois de vivandière et de déesse de la Liberté.

trop de sévérité dans les mesures extrêmes de la consigne. Quels gaillards pour monter des factions de 6 heures, sans guérite et sans manteaux! Quelles rondes et quelles patrouilles! Je conserve précieusement les feuilles de service, comme des monumens à la gloire de ces soldats de la révolution de 1848.

Dès le samedi, j'appris, par l'arrivée de quelques blessés, que le Gouvernement avait décrété de faire les *Invalides civils* aux Tuileries. On les reçut d'abord dans une salle provisoire; le surlendemain, les plus grands salons du Palais, depuis et comprise la salle des Maréchaux jusqu'au pavillon de Flore, furent disposés pour recevoir cent lits du Val-de-Grâce.

L'intention du Gouvernement provisoire, en créant cet établissement, était aussi démocratique que politique. Politique, en ce que dans la première nuit du 24 au 25, on n'espérait pas sauver les Tuileries, et l'on pensa que le seul moyen d'y réussir était d'intéresser le peuple par les bienfaits. Le plus dangereux était passé quand on vint barbouiller sur les pilastres extérieurs, *Invalides civils*; mais pourtant cette mesure me facilita beaucoup pour la prompte évacuation des grands salons, en faisant comprendre à leurs nouveaux locataires, que nous devions nous gêner pour nos frères moins heureux dans le combat. Ce langage était facilement compris, et je dus à cette heureuse circonstance le premier déménagement de ces hôtes plus ou moins importuns. Les blessés de février y ont été somptueusement traités, et ceux qui y sont décédés ont eu des funérailles de maréchaux. Dans un temps de détresse, il a sans doute été magnifique de ne rien marchander pour ces intéressantes victimes; mais le calme revenu et le premier moment passé, on ne doit pas persister à donner le monument le plus gouvernemental de Paris comme annexe d'un hôpital, et si le caractère permanent des *Invalides civils* doit être conservé, que ce soit partout ailleurs qu'aux Tuileries, même dans l'intérêt des bénéficiaires de l'institution. C'est ce que je n'ai cessé de réclamer sans trouver de contradicteur et sans réussir pourtant à faire signer la détermination.

Maintenir, développer un bon esprit parmi tant de braves armés de toutes pièces, surveiller le service militaire, l'entrée et la sortie du palais, assurer le service des vivres, veiller surtout au feu et courir continuellement dans tous les dédales du palais pour y rétablir l'ordre, ne laissaient pas un moment de repos. Il fallait en outre, à la tête de mes jeunes officiers, aller partout moissonner les richesses enfouies encore ou étalées à côté de leurs honnêtes gardiens en haillons. Il y avait des postes où nous avions laissé l'or et les diamans à découvert, que ces citoyens tenaient à amour-propre de savourer encore de leurs regards et de défendre par leur vigilance; ils continuaient à laisser leur responsabilité engagée par le sentiment de satisfaction que donne l'accomplissement d'un devoir consciencieusement rempli; d'autres postes au contraire ne demandaient pas mieux que de se débarrasser après constatation. —Auprès de quelques uns, nous nous rendions avec nos paniers, et, sous leurs yeux, nous retirions des meubles non fracturés, des bijoux qui eussent fait leur fortune, et dont ils n'étaient séparés souvent que par une vitre recouverte d'un rideau vert. C'était un curieux spectacle que de voir ces âmes honnêtes nous regarder opérer, sans manifester un mouvement de regret ni de convoitise.

Il faut dire que cette société allait s'épurant continuellement; ainsi, les plus pervers avaient disparu d'abord, et successivement les consciences chancelantes et peut-être déjà compromises, s'éloignaient à mesure que les sentimens vertueux reprenaient le dessus. Nous aurons occasion de revenir souvent sur ce sujet, et de rectifier ainsi les opinions erronées de l'extérieur sur ce que j'appellerai le *Bouquet des Tuileries*, qui sortit le jour du mardi gras, 7 mars 1848, — date pour nous bien difficile à oublier!

Pour ne pas encombrer notre réduit de sauvetage, dégager notre responsabilité, prévenir peut-être des remords de probité, je faisais diriger tous les jours des convois sur le Trésor. On savait généralement que c'était la nation, le peuple enfin, qui profiterait du butin royal et princier. Neuf fourgons ont passé sous leurs yeux, entourés de leurs baïonnettes, du 26 février au 1er mars.

Je ne parlerai que pour mémoire de la fausse alerte qui nous avait été donnée le 26 février, sur la réapparition du général Trézel; il devait, à deux heures du matin, reprendre Paris et y relever le trône des Tuileries. On prétendait aussi que des signaux établis sur le faîte du bâtiment correspondaient avec Saint-Cloud, et nous courions sur les gouttières pour ne rien découvrir, ainsi que dans les souterrains, que l'imagination et les croyances populaires étendaient à des dimensions bien autrement gigantesques que les Catacombes de Rome. Deux fois, des rapports venus du dehors nous les ont fait explorer dans leurs plus secrets replis, pour y découvrir des brigands armés de pied en cap, qui n'en sortaient que la nuit, ou des malheureux que les municipaux y avaient assassinés le jour des évènemens, et dont les cadavres réclamaient au moins la sépulture. Ces souterrains en réalité ne sont qu'une vaste galerie qui part du pavillon Marsan, près de l'ancien état-major de la garde nationale (qu'il s'était permis de faire murer clandestinement), et qui va sortir sur la terrasse du bord de l'eau. Ils ne passent ni sous la rue de Rivoli, ni ne vont jusqu'à Saint-Cloud, comme on était venu nous l'affirmer. Pour ne rien négliger, au milieu de la nuit nous allâmes réveiller M. Fontaine, l'habile architecte, qui nous donna un plan et ses instructions. Nous ne découvrîmes dans les caves que les immenses résultats des libations dont il ne restait plus qu'un fumet infect, et des masses de conserves alimentaires que l'on avait saccagées, mais dont les débris ont assaisonné les repas des nouveaux habitans des Tuileries, peu habitués à cette gastronomie de truffes et de petits pois en plein hiver. Les orgies dont on a tant parlé, ne pouvaient avoir trait qu'à ces conserves, car autrement la ration journalière (et je n'en ai jamais eu d'autre pour ma table avec mes élèves), consistait en un kilog. de viande, un kilog. de pain et un litre de vin à 70 cent. Pour des républicains ce n'était pas trop, mais assez (1). Le quartier des malades a dû se mieux traiter; personne ne pouvait le regretter, lorsque c'étaient vraiment les blessés qui, par une chère succulente, cicatrisaient plus promptement leurs plaies héroïques. Quant aux postes, lorsqu'ils ont appris qu'au dehors on les accusait de s'enivrer, ils ont refusé la ration de vin et se sont mis à l'eau : réponse à la calomnie, bien digne de vrais républicains.

De temps en temps, mais principalement la nuit, on entendait des coups de fusil ; cela tenait au mauvais état des armes, qui presque toutes chargées, se permettaient quelquefois d'échapper à des mains peu exercées. Il en est résulté de petits accidens, mais les plus graves étaient dans les alertes qui

---

(1) En revanche, nous avons trouvé des cigares oubliés par M. de Nemours. Ils ne valaient pas ceux de son frère Joinville, tombés en d'autres mains ; mais le commandant et ses officiers les ont fumés avec d'autant moins de scrupules, que la certitude leur était acquise que ces cigares princiers n'avaient été introduits qu'en fraude des droits de la régie.

s'ensuivaient. Dans la nuit du 26 au 27, un coup de fusil fut tiré sur notre factionnaire au bout des Tuileries, et l'on ne put saisir l'auteur de cet attentat, qui n'était qu'un fait isolé ; quelques jours plus tard, c'était un fusil chargé qui partait sous le guichet de l'Echelle, la balle allant blesser au pied deux citoyens du même poste.

L'égalité de l'armement n'existait pas ; il s'ensuivait que l'égalité sous les armes n'était pas réelle. Celui qui possédait un fusil se croyait beaucoup plus que le détenteur d'un sabre seulement, et celui-ci que le porteur d'un simple bâton ferré... La possession des armes était une des plus fréquentes causes de querelles, et prêter son fusil pour les factions, une des plus belles preuves de confiance qu'on pût donner à un camarade; c'était presque du communisme, à l'époque où on n'en parlait pas. J'ai souvent été appelé à juger de ces procès, pendant lesquels quatre mains au moins se disputaient, en gymnastique animée, la propriété d'une arme chargée, souvent amorcée et armée. Le métier de juge valait encore moins que celui de plaideur dans de pareilles causes.

Ce qui m'a donné le plus d'ennuis et de répugnance, c'étaient les fonctions de grand justicier que j'étais fréquemment obligé de remplir. Les dénonciations arrivaient de tous côtés, mais les faits étaient alors très difficiles à constater. Souvent les délinquans m'étaient amenés, et quand le délit était misérable, je les expulsais simplement. Il a fallu malheureusement être plus sévère, surtout à l'égard d'hommes que leur éducation devait mettre à l'abri de semblables méfaits. Nous en avons vu qui se donnaient comme des anges de vertus à de pauvres ouvriers, et qui se sont trouvés ensuite dans le cas de recevoir d'eux le plus terrible châtiment. C'est à la justice ordinaire que nous avons dû déférer ces gros coupables, nous bornant à faire l'instruction sommaire pour l'éclairer dans ses décisions. Le code : *mort aux voleurs*, est encore gravé sur les murs, mais j'en ai toujours arrêté l'application.

Le dimanche soir, M. Quantin, commissaire-délégué du trésor, vint me prévenir que M. Jollivet avait disparu depuis le jeudi matin, et que sa famille, n'ayant pas de ses nouvelles, me priait de faire faire immédiatement des recherches pour le retrouver dans le sable près du Pont-Tournant, où l'on venait d'apprendre que trois citoyens, tués sur la place de la Concorde le 24 février, avaient été ensevelis. Nous nous armâmes de pioches et de lanternes, et trouvâmes effectivement les trois victimes de nos troubles, qui avaient été cachées, plutôt qu'ensevelies, sous le sable, au bas de la terrasse du bord de l'eau. L'infortuné Jollivet fut par nous reconduit à sa famille le lendemain. On présume que c'est en se rendant à la chambre, qu'il a été atteint par une décharge des municipaux.

Les *Invalides civils* recevaient tous les jours des blessés de février, mais leur nombre n'a jamais dépassé à la fois plus de 80 à 90. M. Imbert, ancien condamné politique, en a été nommé le directeur, et M. Leroy d'Etiolles le médecin en chef. Cette administration est restée à peu près étrangère à tout ce qui se passait dans le reste du palais. Elle occupe encore au pavillon de Flore, comme nous l'avons déjà dit, les grands appartemens, à partir du salon de Diane jusqu'à la salle des Maréchaux sur le devant et le derrière, et c'est plus qu'il n'en faut, vu le nombre des blessés de février, et en attendant qu'on développe sérieusement les *Invalides civils du travail*. Meudon avait été désigné d'abord pour la translation, et ensuite *les Communs* de Saint-Cloud. On y reviendra, surtout si l'on veut de l'ordre et de l'économie.

Le citoyen préfet de police, à ma requête, s'était empressé de mettre à ma disposition une brigade de sûreté avec son habile chef. Leur service comme leur présence, ont été de la plus grande utilité, et, sous tous les rapports, j'ai été enchanté d'avoir obtenu le concours de la préfecture de police.

Nous avons hâte d'arriver aux évènemens du 6 mars, qui ont été d'autant plus graves qu'ils pouvaient, en suivant une fausse direction, remettre tout en péril.

Pour y préparer nos lecteurs, il faut bien leur faire connaître la situation exacte. L'ordre matériel, en tant que discipline et service militaire, se faisait parfaitement. Les postes, encore de 650 citoyens trois jours après les évènemens, étaient successivement descendus au dessous de 300. On n'admettait plus personne, et chaque jour des permissions étaient accordées à tous ceux qui voulaient s'en aller. On entrait et l'on sortait très difficilement, excepté pour le service des vivres. La garde nationale elle-même était comme prisonnière dans la place, où la République la nourrissait.

Je n'avais jamais capitulé avec aucun de mes soldats. Tant qu'ils étaient aux Tuileries, ils n'avaient droit qu'à la ration; une fois sortis, leur conduite serait recommandée au Gouvernement provisoire et à la commission des récompenses nationales. Pas une chemise, pas une vieille harde n'était accordée. Il y avait presque inhumanité à laisser sortir sans souliers, et avec une blouse déchirée, de braves gens qui avaient achevé d'user leurs haillons au service du pays; mais j'ai été impitoyable sur le principe, et je n'ai pas donné un centime ni une loque à de pauvres diables qui ne savaient plus où aller vivre ni comment se vêtir. On les a calomniés, néanmoins. Que n'aurait-on pu dire si j'avais excité les appétits en traitant de leur sortie, et où les prétentions se seraient-elles arrêtées? Il ne leur a été absolument rien délivré que des certificats. Le métier était rude, j'en conviens, mais enfin je serais arrivé, en trois ou quatre jours de plus, sans secousses, sans rien compromettre, et par la seule autorité du sentiment moral, à les licencier tous et sans en mécontenter aucun.

Voici, le 6 mars, quelle était la force, le nom et le nombre des postes occupés par les *brigands* des Tuileries :

1° Le Pont-Tournant, au bout du jardin des Tuileries.	30	hommes.
2° Le Guichet de l'Échelle.	44	
3° La Régie.	5	
4° Pavillon du comte de Paris.	10	
5° Le théâtre.	22	
6° N° 8 (entre le théâtre et l'horloge).	26	
7° N° 8 bis (à côté du n° 8).	44	
8° Pavillon de l'Horloge — droite.	8	
9° idem. — gauche.	40	
10° Appartemens du duc de Saxe-Cobourg.	42	
11° Appartemens de la princesse Clémentine (grand D).	8	
12° Pavillon de la Reine (grand C).	10	
13° Salon de Stuc.	25	
14° Salon des aides-de-camp (la *Fraternité*).	36	
15° Appartemens de Mme Adélaïde.	45	
16° Auprès de mon état-major.	6	

281

Je répète ce que j'ai déjà dit, c'est que ces 281 hommes, de caractères plus ou moins déterminés et difficiles à manier, étaient cependant de braves gens et des gens braves, de vrais combattans ; leur retraite n'a pas été pour moi sans beaucoup de regrets partagés, et ils m'en ont donné des preuves, comme de mon côté, j'ai toujours soutenu, en homme de cœur, les titres qu'ils avaient à être bien traités par le Gouvernement provisoire.

Les hommes les plus aptes à reconnaître ceux qui avaient eu des démêlés avec la justice, les ont passés plusieurs fois en revue et n'en ont pas trouvé parmi eux. Deux ou trois avaient été poursuivis pour des rixes ou des coups, mêlés plus ou moins de politique ; mais pas un n'avait eu une affaire honteuse. Ceci est un fait et doit être bien établi ; car c'est capital, après tout ce qu'on a dit sur ce peuple-soldat. Leurs professions étaient très variées et n'appartenaient pas aux hautes classes de la société. Je n'y ai pas reconnu de banquiers, ni d'agens de change ; les gens titrés n'étaient pas au milieu d'eux. Plusieurs avaient la croix de Juillet et quelques uns celle de la Légion-d'Honneur, qu'ils n'avaient pas volée. En revanche, bon nombre d'ébénistes, de marchands de curiosités, de peintres, de serruriers, de vendeurs de contremarques ; quelques commis aux écritures, des horlogers, des escamoteurs, des casseurs de cailloux, des charcutiers, des vitriers, des vidangeurs inodores, des écarisseurs, des cambreurs, des miroitiers, des crieurs de journaux, des récureurs d'égoûts, des maçons, des couvreurs, des charpentiers, des cordonniers, des tailleurs, des typographes, des cuisiniers, des coiffeurs ; peu d'avocats, de notaires, d'hommes de lettres et d'artistes. Des destructeurs de rats et des éleveurs d'asticots, en petit nombre aussi ; des ferblantiers, des porteurs de la halle, des modèles académiques et des commissionnaires en assez grande quantité.

Telle était la composition des seize postes. C'était le hasard et non les sympathies qui les avait formés, aussi étaient-ils mélangés de toutes ces singulières et généralement modestes professions.

Le poste du Pont-Tournant est celui que je voyais le moins, et qui jouissait de la plus grande indépendance. Il m'a toujours inspiré une haute estime. En effet, ces braves citoyens avaient couru à l'avant-garde, au poste du danger, et sans regretter les douceurs de toutes sortes qu'on pouvait espérer au Palais. Ils avaient fui les tentations du voisinage de la richesse, n'étant mus que par le sincère patriotisme qui étouffe toutes les mauvaises pensées. Aussi étaient-ils vraiment admirables dans leur service ; comme de vieux troupiers, ils en remplissaient les obligations militaires, et pratiquaient entre eux et en vrais compagnons du devoir, les principes de la fraternité. Jamais je n'ai eu la plus légère plainte à porter contre eux. Il n'était besoin que de les abandonner à leurs généreux instincts ; des expressions de satisfaction suffisaient à les entretenir dans la voie si honorable qu'ils ont suivie jusqu'au bout.

La poste du guichet de l'Echelle était nombreux, mais du service le plus rude, et celui du château où le *comfort* était le plus restreint. Les hommes qui le composaient aimaient généralement l'agitation, et ils ont continué à en jouir beaucoup mieux qu'à tous les autres postes. Ils ont eu long-temps pour chef un jeune élève de Saint-Cyr qu'ils avaient accepté et qu'ils aimaient beaucoup. Leur sergent s'était constitué portier et n'était nullement facile sur la consigne. A part quelques petites contrariétés résultant de cette rigueur, ce poste était très bien gardé, et nous étions en sûreté de ce côté. On verra quel rôle il a été appelé à jouer dans la journée du 6 mars.

La Régie était un petit poste très tranquille, que dirigeait avec une intelligence remarquable un brave sergent des Invalides (Delescluze), qui avait quitté son hôtel le jour des évènemens pour venir se mêler au peuple combattant. Il m'adressait tous les jours un rapport en forme, où les lettres étaient moulées de façon à faire honneur au plus habile calligraphe. Il s'était oublié aux Tuileries trop long-temps pour pouvoir rentrer à l'hôtel des Invalides. Signaler sa conduite au maréchal-gouverneur, a suffi pour que ce brave pût être réintégré, riche de nouveaux titres, au milieu de ses vieux compagnons.

Le pavillon du comte de Paris était en grande partie composé de serviteurs de l'ancienne famille royale. Le chef en était, et portait l'uniforme de lieutenant de la garde nationale de la deuxième légion. Le docteur Barrachin a été attaché à ce poste plusieurs jours ; c'est bien le moins qu'il pût faire pour ses protégés fugitifs. Jamais je n'ai eu à me plaindre de lui ni de ce poste.

Le corps-de-garde du théâtre n'a été occupé que vers le 2 ou le 3, lorsque j'ai obtenu des citoyens qui étaient campés au premier, dans le foyer du théâtre, qu'ils descendraient dans la cour. Leur chef était un petit homme très difficile à dominer. Il était toujours armé d'un monstrueux pistolet chargé et amorcé, qu'il maniait avec trop de dextérité. Excellent pour un coup de main, alerte au service, actif et intelligent, il était d'un caractère très volontaire, et frisant l'opiniâtreté. L'influence qu'il avait sur ses subordonnés ne ressemblait pas mal à celle d'un chef de brigands, quoique ce soit un honnête garçon. Ne s'étaient-ils pas mis en tête, ces braves gens-là, que je ne devais pas entrer dans leur poste, qui était un *sanctus sanctorum*, et que si je forçais la consigne, ils me tueraient, ni plus ni moins. Le chef avait réclamé l'honneur du premier coup. J'avais, une première fois, réncontré quelque résistance au milieu de la nuit, et comme c'était tout-à-fait dans le commencement et que je ne connaissais pas bien les localités, je contournai le foyer du théâtre qui était hermétiquement fermé. Mais le lendemain, entre onze heures et minuit, accompagné de quelques uns de mes aides-de-camp, je fis irruption dans le poste, où ils étaient encore à table. Là dessus grand émoi et les fusils de s'armer. Sommation de me retirer, je poussai au contraire la porte derrière moi, et seul au milieu d'eux, je leur dis en écartant leurs armes : — « De quel
» droit prétendez-vous méconnaître la République et ses représentans ? Si
» je suis au milieu d'assassins, c'est différent, frappez et déshonorez la cause
» populaire ; je remets ma vengeance à tous les bons patriotes, et j'en trou-
» verai, même parmi vous, de prêts à punir peut-être le premier qui por-
» terait le coup. Mais après avoir partagé ensemble la victoire sur la monar-
» chie, vous ne pouvez penser à une séparation. Réservons nos forces contre
» nos ennemis seulement, et recevez en frère celui qui vient vous voir, rem-
» plir ses devoirs de commandant et de camarade, et qui ne mériterait au-
» cun de ces titres à vos propres yeux, si devant quelques menaces, basar-
» dées et irréfléchies, il avait pu reculer. Allons ! touchez-là, capitaine Bello-
» che, et puisque vous êtes à souper, je vous reviendrai voir demain, si vous
» n'avez rien de nouveau à me dire ce soir. Continuez à bien veiller sur le
» théâtre cette nuit, et à demain, mes chers camarades. » — « A demain.
» commandant, » me répondit un des braves de la troupe, qui fut soutenu par
l'assentiment à peu près général. J'avais désormais conquis ma place à leur
foyer, et depuis nous avons toujours vécu en bonne intelligence. Ils ont

parfaitement préservé le théâtre, et c'est un grand service que je me plais à reconnaître de nouveau. Ils ont même consenti à descendre trois jours après, sans opposer trop de résistance, ce qui ne m'étonna pas peu, je l'avoue (1).

Les postes nos 8 et 8 *bis* étaient un composé de plusieurs petits postes des étages supérieurs. — Ils avaient été obligés de réélire de nouveaux chefs, et parmi eux généralement, se faisaient remarquer des élémens de retraite et de désunion. Tous les jours, matin et soir, ces postes, trop nombreux d'abord, s'éclaircissaient rapidement.

Sous le pavillon de l'Horloge, campaient de vrais combattans. Considérant le poste comme un défilé important, ils y avaient plutôt cherché des périls nouveaux qu'un bivouac commode. Nous y avons vu de jeunes Lyonnais, arrivés le matin même à Paris pour se battre, et qui étaient entrés tout de suite en ligne sur les barricades. Quelles âmes nobles, désintéressées et vraiment patriotiques !

Dans les appartemens du duc de Saxe-Cobourg, de la princesse Clémentine, à l'Oratoire et à la bibliothèque de la reine, s'étaient établis une foule de petits postes frappés de servitudes les uns par rapport aux autres, sous la dénomination de grand C, grand D. Cinq ou six gardes nationaux entr'autres s'y relevaient tous les matins. Il y avait eu de grands ravages dans ces diverses localités ; cependant, reconnaissons aussi que de très braves gens les avaient prises sous leur protection, car de grandes richesses en ont été retirées, et elles pouvaient y être aussi facilement suspectées qu'enlevées.

Le poste du grand salon de Stuc était sous le commandement d'un homme énergique, plein d'amour-propre et un peu exalté. Il avait de l'ascendant sur ses compagnons, mais cette influence ne s'étendait pas toujours, et rendait souvent dangereuse son intervention dans les affaires, même avec les plus honorables intentions. Comme subordonné, il laissait beaucoup à désirer. L'intérêt ne paraissait pas le préoccuper, et il était plus accessible aux beaux sentimens. Il a trouvé tout de suite un poste à commander dans une troupe officielle. Puisse-t-il s'y maintenir !

A côté de lui, et par des moyens tout opposés, un homme doué d'une extrême douceur, d'idées poétiques et charitables, commandait également un poste encore plus nombreux et où les mutations avaient été fréquentes. Le poste de la *Fraternité*, campé dans le salon des aides-de-camp, par lequel j'avais fait mon entrée officielle aux Tuileries, le 24 février, avait été toujours très fréquenté et subordonné à beaucoup de commandans : tous les jours nous en trouvions un nouveau. Enfin, ils avaient élu pour leur capitaine le citoyen Colignon, nature honnête et touchante, dont l'aménité et la candide persuasion gagnaient facilement les cœurs. Il était ferme néanmoins pour tout ce qui intéressait la moralité, mais indulgent et tolérant sur les formes. Ses aimables et douces qualités domptaient les caractères les plus durs en apparence et les consciences rebelles. Il a rendu de très bons services pour lesquels j'ai fait tout mon possible afin qu'il en fût récompensé. Je souhaite, plus que je n'espère, qu'on lui rendra justice, car il n'est ni criard ni intrigant, et ne possède pas les qualités du révolutionnaire, dont il a joué le rôle… La veille encore de sa retraite, il présidait à l'expulsion d'un hercule de son

---

(1) Un capitaine de la garde nationale de mes amis, qui m'avait prié de lui laisser faire la tournée des postes avec moi, en a eu assez pour ce soir-là, quand il a vu l'accueil si peu hospitalier de Belloche et de ses compagnons.

poste, qui avait eu la bassesse de recevoir un salaire pour avoir montré les appartemens dont il connaissait les détours. Cette faiblesse avait été qualifiée dans le poste de *la Fraternité*, commandé par Colignon, comme aussi punissable que le vol. Près d'un mois après qu'il eut quitté le poste, nous avons trouvé, dans le bureau dont il se servait, et qui était celui des aides-de-camp, une somme, en or et en argent, de près de 1,600 francs, dont le Trésor national s'est enrichi.

Dans l'appartement de feue Mme Adélaïde, s'étaient retranchés, dès le début, quinze citoyens ne se connaissant pas avant ce jour-là, et qui semblaient si bien façonnés à la vie en communauté et de contemplation, que nous les appellions les *moines*. Ils ne faisaient aucun service que dans l'intérieur de l'appartement, ne se mêlaient avec aucun autre poste, interdisaient l'entrée du leur, et passaient leur temps à épousseter les miniatures, ne sortant que pour aller chercher les vivres municipaux. La princesse Adélaïde étant morte sept semaines avant les évènemens de février, ses héritiers vigilans n'avaient pas laissé *les valeurs de valise* dans l'appartement. Il était fraîchement décoré et contenait encore beaucoup de jolis objets d'art. Les gardiens populaires, que son testament n'avait pas choisis, mais qui semblaient désignés par la Providence, s'enthousiasmaient sans cesse sur les richesses confiées à leurs soins, et en parlaient tant et si souvent, qu'on aurait cru à des trésors enfouis. Aussi, à l'inventaire fait plus froidement, on a éprouvé un rude mécompte, et qui n'était nullement interprété dans un sens favorable par les langues charitables.

Ils sont partis le 7 de bonne heure, au nombre de quatorze, laissant un appartement bien conservé, après quinze jours de cohabitation, là où une princesse avait été destinée à passer, seule, ses derniers momens.

En dehors des postes, nous avions distingué quelques braves citoyens qui sont restés comme de la famille. Ainsi, j'en ai eu cinq ou six qui me servaient à la fois d'huissiers et de gardes-du-corps. On aurait juré qu'ils n'avaient jamais fait d'autre métier. Fraternels et respectueux à la fois, ils ne se sont éloignés qu'à regret.

Voilà donc la position où nous étions arrivés le 6 mars, assez contens les uns des autres, et sans nous dissimuler pourtant qu'il faudrait se séparer bientôt ; les pierres qui se détachaient journellement, ne nous laissaient aucune incertitude à cet égard. Chacun se disposait à rentrer dans l'ornière que la Révolution lui avait fait momentanément quitter. Moi-même, je n'avais cru venir remplir aux Tuileries qu'une mission patriotique et de peu de durée. Et voilà bientôt trois mois !

A une heure après midi environ, par un calme parfait, le 6 mars 1848, je reçois la visite d'une façon d'officier en bourgeois traînant un grand sabre ; il venait m'annoncer que le citoyen Caussidière, préfet de police, l'envoyait à la tête de 100 hommes de sa garde pour prendre, sous mes ordres, le service des Tuileries, et en chasser les hommes du peuple qui prétendaient s'y perpétuer. Saisi au premier moment par la brusquerie si inattendue de cette proposition, à laquelle rien ne m'avait préparé, je demandai à cet envoyé extraordinaire de me laisser prévenir le Gouvernement provisoire avant d'accepter un secours qui me paraissait présenter les plus graves inconvéniens et des périls affreux pour tout le monde. Etant naturellement sous mes ordres, le capitaine de la préfecture ne pouvait refuser ; mais il me fit observer qu'il fallait qu'il sortît du palais, parce que lorsqu'il avait quitté sa compagnie, rue de Rivoli, il avait été convenu avec elle que, si dans un quart d'heure il ne l'avait pas rejointe, on devait le supposer retenu prisonnier, et que je n'étais pas libre moi-même; dans cette occurrence, sa troupe devait s'élancer et forcer le passage pour se rendre maîtresse de la place. On voit que tout ce plan, éclos dans la tête de M. le préfet de police, encore inexpérimenté, mais déjà si remarquable par sa fermeté et son génie organisateur, avait été entrepris sans s'être auparavant suffisamment enquis de la position. C'était non seulement le sort des Tuileries remis en question, mais celui du gouvernement lui-même : 300 hommes aux prises, amenaient naturellement une véritable guerre civile, où chacun eût pris part suivant de hasardeuses impulsions. J'avoue que je fus vivement effrayé, et que sous cette impression j'expédiai en toute hâte des ordonnances à l'Hôtel-de-Ville pour recevoir des ordres précis, prompts et, autant que possible, dictés sur les lieux. Je fis prévenir aussi l'état-major qui parut disposé à approuver la mesure du préfet et répondit peu catégoriquement. Néanmoins, le général Courtais arriva en grand costume, et parla d'abord, sans se concerter avec moi, avec le premier poste sous le guichet de l'Echelle, où il m'abandonna bientôt en me criant qu'il me rendait responsable de tout. La fermentation était terrible. Tous juraient et vociféraient à la fois. Ne pouvant parvenir à obtenir du silence, il fallait que je parlasse individuellement pour calmer ces cerveaux échauffés, criant : « Nous sommes trahis! » aux armes! vengeance! » et en même temps ils chargeaient rapidement leurs armes. Dans ce tumulte effroyable, un coup de fusil partit et la balle fut se nicher je ne sais où; mais le guichet, qui était encombré, devint presque entièrement libre, et je me trouvai à peu près seul en face de mon poste en ébullition. La charge battait dehors; la troupe de la préfecture avait croisé la baïonnette, et n'attendait qu'un mot pour se précipiter sur les portes. Tous les postes intérieurs, armés et frémissans, n'attendaient aussi que le signal pour se battre et voler au secours de la troupe engagée à l'avant-garde. Il n'y avait pas une minute pour prendre une décision. « Eh » bien! » m'écriai-je en rassemblant ce qui pouvait me rester de force, « tenez-vous donc à justifier les noms odieux qu'on vous donne, et n'êtes- » vous plus en effet que des rebelles? Si vous méconnaissez mon autorité, » je vous abandonne, et vous pouvez commencer le meurtre par moi qui » vous ai toujours défendu. On prononce dans vos rangs le mot de trahison : » qu'il sorte celui qui m'en accuse, et je lui donne le plus sanglant démenti » devant vous tous. J'ai été aussi surpris, et plus affligé que vous, d'une » semblable mesure ; j'ai protesté sans attendre l'impression qu'elle produi- » rait sur vous. J'en ressens plus d'indignation que personne ici; et ne » croyez donc pas que je puisse me séparer de vous un moment; au con- » traire, je reste en otage dans vos rangs; nous partagerons le même sort » à tout évènement, si vous me rendez votre confiance et que vous obéissiez » encore à ma voix. La majorité parmi vous a foi dans ce que je dis ; que » la minorité suive cet exemple ; vous n'aurez point lieu de vous en repentir, » car c'est un citoyen qui n'a jamais manqué à sa parole qui vous le jure, » et qui engage ici sa tête pour vous garantir que le Gouvernement provi- » soire vous rendra justice, et qu'aucun de vous ne sortira d'ici que comme » doivent en sortir des braves, avec les honneurs de la guerre. J'en réponds; » en échange, obéissez, et vive la République! » Le cri fut répété par tous. « En ligne et l'arme au pied, et, comme la troupe qui est dans la rue y cause

» une fermentation préjudiciable à la tranquillité publique, ne vous étonnez
» pas qu'elle entre. Je vous répète que, sur ma tête, vis-à-vis de tous, j'ac-
» cepte la plus complète responsabilité ; sergent Duvivier, ouvrez les portes. » Il
eut un moment d'hésitation que je fis cesser en lui prenant la main. — « Ils
» me tueront, dit-il. — Je vous couvre de mon corps, allez ouvrir. » Je le suivis,
et quand le premier battant fut entr'ouvert : « Capitaine Brun , faites entrer
» votre troupe et rangez-la au milieu de la cour ; nous attendrons dans nos rangs
» respectifs les ordres supérieurs. » — Et, me plaçant alors sous le guichet en
face du poste beaucoup plus calme, et l'œil fixé sur tous mes mouvemens. —
« Allons, portez armes ! » Le mouvement s'exécuta, j'avais enlevé mon poste :
la troupe extérieure, tambour en tête et au port d'armes, entra se ranger en
bataille au milieu de la cour. On referma la porte, et tout resta en sus-
pens jusqu'aux ordres de l'Hôtel-de-Ville. Le général Courtais se prome-
nait, en long et en large, attendant comme les autres. On m'a assuré depuis
qu'il s'était cru prisonnier et m'avait jugé capable de lui jouer un mauvais tour. J'en ai parlé avec lui, et malgré sa politesse, je n'ai pas reçu
une dénégation aussi explicite que je l'aurais désirée. On m'avait même
noirci à ses yeux, au point de lui laisser croire que j'avais fait charger les
armes derrière lui pour l'exposer à quelque assassinat. Infamie en tous
temps que ces odieuses calomnies ! mais combien ne sont-elles pas encore
plus condamnables quand la guerre civile en peut être la conséquence, et
que ce sont les hommes de cœur qui en tomberaient les premières victimes !

Enfin, le Gouvernement provisoire presque tout entier arriva : les citoyens
Ledru-Rollin, Arago, Marie, Crémieux, Marrast, Pagnerre et une foule de
secrétaires.

Alors, le général Courtais prenant la parole, voulut, devant M. le ministre
de l'intérieur, en appeler à mon zèle et à mon dévoûment, à moi, qui sortais
de courir les plus grands dangers, qui avais eu une si terrible responsabilité,
et qui m'en étais retiré avec tant de bonheur que tout était sauvé comme
par miracle. J'avoue que sous l'impression du moment je ne pus me con-
tenir, et reprochai vivement au général de méconnaître tout ce que j'avais
fait avec tant de dévoûment et d'abnégation. Je devais recevoir des félicita-
tions, et on semblait, au contraire, m'engager à faire différemment et mieux
à l'avenir ; la tempête apaisée, on outrageait le nautonnier qui, par une
manœuvre désespérée, avait remis, seul, le vaisseau à flot. J'étais exaspéré, et
j'ignore si jamais j'ai été poussé hors des voies de la modération dans un
plus grand et plus légitime paroxysme de colère et d'emportement. J'étais
capable de tout... Mais tout s'oublie vite aussi, et le danger passé, j'ai prié
le général de me donner la main, sans rancune, et je pense qu'il me l'a ten-
due avec la même sincérité. La calomnie et la crédulité ont été seules coupables.

J'entraînai M. Ledru-Rollin sous le guichet de l'Echelle pour confirmer
les engagemens que j'avais pris ; en même temps, MM. Crémieux, Marie et
Arago (1) tenaient le même langage à tous les autres postes, et ramenaient
ainsi la sérénité où avait mugi si violemment la tempête. On les assura bien
que c'était une méprise ; qu'on avait eu tort de les méconnaître ; qu'on
avait voulu les escamoter (sic) ; qu'ils ne sortiraient certainement que le
lendemain et avec tous les honneurs de la guerre, en braves et dignes

_____

(1) Ce dernier, suivant le citoyen Teyssier, m'a sauvé la vie, en dissipant les dou-
tes qu'on avait encore sur ma conduite, d'après les dires de l'état-major.

citoyens qu'ils étaient. Jamais poignées de main ne furent plus chaudement échangées, même par Louis-Philippe, sur les barricades de 1830

On ne s'était pourtant pas entièrement dépersuadé qu'il fallait satisfaire à leurs exigences. Un des membres du Gouvernement fut jusqu'à ouvrir sa bourse et à m'offrir un billet de banque pour les congédier plus vite. Je lui déclarai que je devais maintenir mon système à leur égard, quelque cruel qu'il fût envers de pauvres gens manquant de tout : « Rien avant, tout après, » comme je l'ai déjà dit. La troupe de la préfecture s'en alla comme elle était venue.

Après ces violentes émotions de la journée, nous espérions du moins qu'elle s'achèverait paisiblement, et nous attendions en paix le lendemain, grand jour fixé pour la séparation, lorsque, vers la tombée de la nuit, des rassemblemens nombreux, grossissant de momens en momens, se formèrent auprès du guichet de l'Echelle, dans la rue de Rivoli. Ils étaient en partie composés de bourgeois murmurant contre les enfans du peuple encore de garde aux Tuileries, et qu'ils accusaient toujours de rebellion envers le Gouvernement. On répétait tous les bruits absurdes dont nous avons déjà parlé : que ces citoyens s'imposaient violemment ; qu'ils faisaient des orgies continuelles avec des femmes ; que, chargés de rapines, ils ne voulaient pas être fouillés en sortant ; qu'ils demandaient 80,000 francs ou des rentes pour lâcher le palais des Tuileries. Toutes ces calomnies, trouvant plus ou moins de crédit dans l'esprit des masses, on maltraitait ceux qui sortaient pour aller chercher des vivres, et plusieurs furent désarmés et ne rentrèrent qu'à grand'peine dans la place. A chaque instant, la foule plus compacte se pressait contre le guichet, et quoique désarmée, elle s'agitait vivement et parlait enfin d'enfoncer la porte pour arracher les Tuileries à leurs vils gardiens. Je ne pouvais laisser s'accroître un pareil mouvement. Il fallait encore parer à ce nouvel épisode de la journée, et ne pas la terminer en brouillant tout une seconde fois. Je parcourus les postes principaux ; mais ce n'étaient plus dans les esprits les mêmes dispositions que le matin. Il semblait que toute énergie les eût abandonnés, et une sorte de tristesse, de découragement régnait parmi eux. Se voir ainsi méconnus par leurs frères, par une population mal informée ; en butte ainsi à l'animadversion publique, leur brisait l'âme, et ces intrépides du matin, vrais lions qui auraient péri jusqu'au dernier pour repousser une injuste agression, étaient comme anéantis sous cette nouvelle atteinte, toute morale, et qui aurait pu dégénérer en voies de fait sans qu'ils se fussent défendus. L'ordre le plus parfait régnait partout à l'intérieur, ainsi que le silence, pendant qu'au contraire les cris de la foule, extérieurement, augmentaient à chaque instant.

Je fis ouvrir un des côtés de la grande porte, et me présentant seul avec mon écharpe, je réclamai un moment de silence. Je fus assez heureux pour l'obtenir, et faire entendre à peu près les paroles suivantes :

« Au nom du Gouvernement provisoire, depuis le premier jour de notre
» glorieuse Révolution, je commande les Tuileries. Quelles que soient les ru-
» meurs qui accusent la garnison du palais, je vous déclare que la plupart
» sont exagérées, si elles ne sont pas fausses et calomnieuses. Comme l'ordre
» et la discipline y règnent parfaitement, que le Gouvernement provisoire
» est venu s'en assurer lui-même, et que ses ordres, dont je suis l'exécuteur,
» sont parfaitement respectés, ce serait s'en prendre à l'autorité elle-même
» que de se porter au moindre attentat contre nous. Si, comme je l'entends
» murmurer, on doute de ce que je dis et qu'on persévère à nous accuser de

» désordre et d'anarchie, que deux de vos délégués, les plus incrédules, en-
» trent dans le château ; ils reviendront vous faire un rapport, et vous aurez
» alors la certitude que je ne dis pas un mot, un seul mot! qui ne soit de
» la plus exacte vérité.

» Toute attaque contre le château serait donc aussi injuste que déplora-
» ble ; une terrible responsabilité retomberait sur ses auteurs, et non sur
» nous, qui, en la repoussant avec l'énergie qu'imposent à la fois le droit et
» l'honneur, ne serions que dans la limite de nos devoirs envers le Gouverne-
» ment provisoire et la République.

» J'engage donc tous les bons citoyens ici présens, et ils sont nombreux, à
» donner un salutaire exemple en se retirant, et surtout à ne pas continuer
» à pousser des clameurs contraires à l'ordre public. Personne ici ne veut s'y
» perpétuer, et la garde du château sera relevée seulement demain, à dix
» heures, dans la forme ordinaire ; venez alors voir sortir les enfans du
» Peuple comme la garde nationale, avec les honneurs de la guerre, et au
» seul cri de tous les bons patriotes : Vive le Gouvernement provisoire ! vive
» la République ! »

On fit chorus, et la plupart des assistans m'assurant qu'ils avaient foi dans
mes paroles, me promirent de se retirer et d'engager la foule à en faire autant. Une heure après, la porte était entièrement débarrassée.

Libre alors de vaquer aux soins de l'intérieur, il me fallut (d'après les
promesses faites, et qu'il était de toute justice d'accomplir ', aller encore de poste en poste, pour constater les services rendus par chacun aux
Tuileries depuis le 24 février. Une partie de la nuit fut employée à rédiger ces
états de services, et ce n'a pas été petite besogne après tant de fatigues et
d'émotions diverses dans cette journée du lundi 6 mars, avant-dernier jour
du carnaval.

Le matin du mardi gras, une foule assez nombreuse se pressait sur le Car-
rousel et la rue de Rivoli pour la sortie de la garnison. Le général Courtais vint
en passer la revue, faisant désarmer tous les fusils, et quand l'heure a été
sonnée, cette troupe, habillée si bizarrement, semblait au défilé avoir pris sa
part des déguisemens du jour. Mais à la véritable misère des costumes et à
la tristesse empreinte sur tous ces traits souffreteux et fatigués, on ne pouvait persévérer à les accuser d'avoir fait fortune aux Tuileries, et d'y avoir
passé leurs jours dans la joie et la bombance. Aussi, les dispositions mal-
veillantes de la foule, compacte depuis les Tuileries jusqu'à l'Hôtel-de-Ville,
et qui devait, disait-on, les désarmer et les maltraiter, se sont-elles singulièrement modifiées. Je les accompagnai jusqu'au seuil de la porte pour leur
y rendre les honneurs, presser la main des principaux chefs, leur faire aussi
mes adieux ; ma satisfaction fut très vive quand je vis les premiers pelotons au
milieu de la foule, murmurant un peu, mais n'allant pas jusqu'aux voies de fait.

Le général Courtais s'était mis à la tête, acte de courage et de générosité à louer, surtout en se reportant aux circonstances critiques. Pour
ma part, j'en ai été touché vivement par l'intérêt que je portais à ces
pauvres et braves camarades. Ils m'avaient pourtant donné tant de tour-
ment, que lorsqu'en sortant de leurs postes j'entrais dans ceux de la garde
nationale, il me semblait que ceux-ci n'étaient plus des militaires,
mais de jeunes et bonnes filles. Les enfans du Peuple ne me désobéis-
saient jamais ouvertement, mais il fallait toujours, avec eux, sentir la limite
juste et positive où pouvait aller l'autorité du commandement, et pour le faire

prévaloir, employer toutes les ressources de la politique, ne rien brusquer et y revenir patiemment à plusieurs reprises. Quant aux dangers qu'on court parmi eux , on s'y habitue,, au point de ne les plus calculer.

Ils arrivèrent, sans accidens autres que des injures et quelques impréca- tions, à l'Hôtel-de-Ville, où le Gouvernement provisoire leur fit un très bon accueil, promettant d'avoir soin d'eux et de les récompenser plus tard. En at- tendant, on leur distribua 500 fr., ce qui faisait tout au plus 3 fr. pour cha- cun, afin de pourvoir aux plus pressans besoins de ces *pillards* déguenillés qui, pour la plupart, ne savaient pas seulement comment ils vivraient le reste de la journée.

La place étant évacuée, je pus après douze nuits de veillées, partager les lits-de-camp de mon état-major et entreprendre les réformes auxquelles il ne faillait pas songer auparavant; de grands embarras et des dangers réels étaient certainement disparus ; eh bien ! avec cela, j'ai souvent eu des mo- mens où je me suis pris à regretter involontairement plusieurs circonstances de nos rapports. Il y avait parmi eux de si belles natures à travers les imper- fections qui les voilaient au vulgaire ! Je crois avoir emporté l'estime et le re- gret. de tous, l'amitié de quelques uns, et ce n'est pas à un ingrat qu'ils ont donné de fréquens témoignages de ces sentimens depuis notre sépara- tion. Nous nous sommes, du reste, donné rendez-vous , si les circonstances politiques nécessitaient jamais un nouvel et légitime appel aux armes.

Le jardin fut rendu au public dans l'après-midi de cette même journée du 7; il commençait à briller de tout son éclat printanier, et ne portait, ni dans ses plantations ni dans ses statues, la moindre trace de la révolution. La fa- çade du palais, encore un peu dégradée dans ses portes et fenêtres, reçut de nombreux ouvriers qui lui ont rendu son aspect ordinaire. Le cygne seul , dans le premier bassin, n'a pas retrouvé sa compagne, si méchamment mise à mort par un gamin. Nous avons sévèrement réprimé la chasse aux ramiers.

La consigne rigoureuse, et qui n'avait admise aucune exception pour ne rien laisser enlever du palais, fut levée, et une commission, nommée à ma. requête par l'administration de la liste civile si noblement présidée par M. Vavin, put rendre à tous les tiers les débris de leur mobiliers et de leurs. garde-robes. Quelques uns, dans le dénûment le plus absolu, attendaient ce moment bien impatiemment, et se faisaient recommander de toutes parts. J'ai dû écarter ces influences et maintenir inflexiblement l'ordre de ne rien laisser sortir avant le jour donné, afin de ne pas accroître encore les périls des. détournemens.

Les surveillans et sous-adjudans du château sont venus reprendre leur service, indispensable dans le jardin surtout. En attendant qu'ils aient un costume moins militaire, ils ont revêtu, avec une très légère modification , et malgré les transes de l'état-major, le costume bleu de ciel du gouvernement déchu. Ils serviront aussi bien la République ; car Louis-Philippe, quoique assez constant avec ses serviteurs, ne les comblait pas et ne payait que fort juste les services qu'on lui rendait. Tout le bien-être était pour la famille royale, ensuite pour ceux autour d'elle assez puissans pour se faire une bonne part ; mais les subalternes étaient réduits souvent à la portion congrue sous tous les rapports. Nous en avons vu vivant auprès du roi lui-même, dans de vrais cabanons privés d'air et de jour, et où l'on aurait dû regarder à deux fois avant d'y ensevelir des êtres humains. Rien d'exagéré : allez voir le trou des anciens huissiers du cabinet aux Tuileries.

Les regrets, en général, ont été pour les positions perdues, et non pour les maîtres partis. Infiniment peu d'exceptions à cette règle générale, dont personne ne fut plus à même que moi de s'apercevoir au milieu de la débâcle toute chaude.

Le 12 mars, nous avons rendu au culte catholique la chapelle, dont l'origine remonte à Napoléon. Louis-Philippe y entretenait un chapelain et deux sacristains, qui ont reparu avec le calme, et offert de continuer leur service dans l'intérêt des blessés. Les *Invalides civils* y sont venus les dimanches entendre la messe et y ont célébré plusieurs mariages. La vanité de se dire marié à la chapelle des Tuileries a inspiré plus d'une de ces alliances. Pour arriver à ce triomphe de la moralité,

« N'importe de quel bras Dieu daigne se servir. »

Ne pouvant rétablir cette organisation ecclésiastique spéciale et princière, c'est sous l'autorité du clergé de Saint-Germain-l'Auxerrois, l'antique paroisse, que nous avons replacé la chapelle des Tuileries, avec l'approbation de l'archevêque de Paris. Des considérations particulières à l'ex-reine Amélie l'avaient transportée à Saint-Roch. Les objets les plus riches de l'autel, le 24 février, furent déposés dans cette dernière église comme la plus voisine, et y ont été préservés de toute profane atteinte. Le trésor de la chapelle a été moins heureux, et prouve évidemment que les êtres étaient bien connus de plus d'un des héros du jour. Pour fournir un heureux texte au premier sermon d'inauguration, j'avais fait placer, en face de la chaire, le tableau d'Ary Scheffer, qui décorait l'oratoire luthérien de la duchesse d'Orléans, et dont le sujet se prêtait merveilleusement à la circonstance : « Je suis venu » pour guérir ceux qui ont le cœur brisé, et pour annoncer aux captifs leur » délivrance. »

Peu de dégâts, disons-nous, avaient été faits dans cette chapelle dont le décor est des plus simples. Aujourd'hui tout y est parfaitement convenable. Que les voûtes désormais n'y retentissent que du *Domine salvum fac Rempublicam* !

Le 1er avril 1848, avec les jardiniers patriotes, nous avons planté un arbre de la Liberté, auprès du grand bassin, à l'extrémité de l'allée principale, dans l'axe de l'Obélisque et de l'Arc-de-Triomphe. Le clergé de Saint-Germain-l'Auxerrois est venu en pompe bénir ce signe de notre régénération politique. Après des feux de peloton exécutés par la garde nationale, j'ai prononcé les paroles suivantes, interrompues fréquemment par les applaudissemens et les vivats sympathiques d'un nombreux auditoire :

« Chers concitoyens, saluons ensemble ce symbole de la République et de la » Liberté, au pied duquel nous nous pressons dans cette belle fête patriotique.

» Félicitons d'abord les braves citoyens, cultivateurs modestes de cette » magnifique résidence, qui, voués au travail de la terre, n'ont pas respiré » l'air corrupteur et empoisonné de l'intérieur du Palais ; aussi ont-ils ad- » mirablement choisi le moment où la nature s'associe à la pureté de nos » sentimens avec tout l'éclat de sa parure printannière, présage fortuné » pour notre jeune plantation.

» Mais pourquoi donc ces liens qui lui imposent pour premier appui d'an- » tiques maronniers, vétérans monarchiques qui n'ont vu que des courtisans » et des aristocrates? Leur ordre symétrique et leur parure contrainte et ar-

» tificielle ne sont-ils pas l'image de deux siècles d'oppression exercée sur
» la nature comme sur la société, taillée à merci ? Hâtons-nous donc de
» rompre ces chaînes : l'arbre symbolique de nos nouvelles institutions doit
» croître seul, isolé de tout contact pernicieux, et marcher rapidement dans
» toute sa force et sa liberté.

» Donnons-lui des racines profondes, et que ses rameaux dépassent bien-
» tôt les plus élevés de ces plantations ! Qu'il lutte aussi de durée, soit par
» lui-même, soit par ses rejetons, avec cet obélisque des Pharaons, afin d'om-
» brager fraternellement, pendant les siècles à venir, les enfans de la liberté.

» Puissent ces mêmes rejetons servir comme de pépinière à nos frères au
» delà des frontières ; qu'ils aillent s'implanter jusque dans la malheureuse
» Pologne, sur cette terre héroïque fécondée par le sang de tant de glorieux
» martyrs, aux cris mille fois répétés de : Vive la Liberté, l'Egalité, la Fra-
» ternité ! vive à jamais la République ! »

L'arbre, parfaitement entretenu par les mains glorieusement calleuses
d'agronomes exercés, a déjà pris admirablement, et promet d'accomplir
toutes les glorieuses destinées qui lui furent prédites.

On a singulièrement exagéré dans le public la dévastation des Tuileries, qui
n'est pas comparable, fort heureusement, à celle du Palais-Royal et de Neuilly.

J'ai déjà dit que neuf fourgons d'objets précieux avaient été expédiés par
mes soins au Trésor, où tout était parfaitement arrivé et mis en lieu sûr.
C'était un pêle-mêle appartenant un peu à tous les habitans du château,
mais en grande majorité à la famille royale, dont tous les membres étaient
immensément riches. Beaucoup d'objets enlevés ont été, depuis, retrouvés
soit par la police, soit par des restitutions volontaires, et sont venus s'ajouter à ce que le Trésor national tient dans ses coffres.

On n'a eu aux Tuileries à déplorer la perte d'aucun objet d'art en tableaux
ou statues de grande valeur. Des fantaisies seules ont été ou brisées ou déro-
bées. La précaution que j'avais prise de faire enlever, le 25 février, les plus
précieux tableaux des Tuileries par les portes de communication avec le
Louvre, n'a eu d'autre résultat que d'en encombrer le Musée et d'en débarrasser les Tuileries. Ceux qui sont restés dans ce dernier local n'ont pas été
plus touchés que les autres. Au contraire, ils n'ont pas éprouvé les petites
dégradations inhérentes au déplacement. Je ne parle pas des portraits ou des
sujets relatifs à la famille royale. Peu de Louis-Philippe ont été épargnés.
Nemours et la reine ont été généralement partagé son triste sort ainsi que plusieurs princes et princesses. Le duc d'Orléans, et le prince de Joinville surtout,
ont été traités avec le plus d'égards. Ici, c'est le sentiment politique qui se
prononçait.

En parcourant ensemble le palais, nous allons succinctement décrire la situation des lieux, et l'on appréciera.

Toutes les parties en furent envahies par la foule en même temps. Il n'y
avait pas alors idée de pillage. Les coutumiers du fait ne pensaient pas que
le palais serait pris, ou du moins le serait aussi lestement. On pouvait croire,
qu'avec Louis-Philippe et toutes ses précautions, les Tuileries seraient un
château-fort, comme Vincennes au moins.

On se précipita d'abord pour gagner le salon des Maréchaux et la salle du
Trône. Dans le premier, on fusilla d'emblée les maréchaux Soult et Bugeaud,
placés à côté l'un de l'autre. Les toiles furent ensuite lacérées et enlevées. Il
ne reste aujourd'hui de ces deux tableaux que les cadres : les noms mêmes

ont été effacés, et l'on a écrit en place : « *Traître à la patrie. Mis à mort pour ses crimes.* » Les autres portraits de maréchaux ont été peu frappés ; Sébastiani, Grouchy, Maison, n'ont reçu que des blessures légères faciles à cicatriser, ainsi que la plupart des bustes de ce magnifique panthéon militaire.

Le sort du trône a été connu tout de suite. Arraché et précipité par la fenêtre, il fut porté à la Porte Saint-Antoine, et brûlé au pied de la colonne de Juillet. Le dais du trône, grâce à son élévation, a été épargné : les échelles étaient trop courtes. Depuis, il fut sanctifié par l'exposition faite au dessous, des blessés morts aux Tuileries pour la liberté et la République.

Quand il a été enlevé par les tapissiers, les blessés de février se sont encore jetés dessus pour se faire des calottes avec son velours rouge ; aujourd'hui cette salle du Trône est d'une nudité parfaite. Pas un vestige ne trahit son passé.

Quelques uns, bien informés, étaient montés jusqu'à l'horloge, et savaient qu'ils trouveraient dans les combles un arsenal de fusils et de munitions. Il y avait six cents fusils en parfait état et deux caisses de cartouches. Armes et munitions ont été enlevées en un clin d'œil, et sans toutes les précautions ordinaires, car, en touchant la poudre, on n'avait pas renoncé à la pipe. Il y a un Dieu pour..... les hommes qui ne connaissent pas le sentiment de la crainte.

L'ex-roi avait fait construire à très grands frais (3 ou 4 cent mille francs), il y a deux ans environ, un appartement pour sa sœur, là où se trouvaient des cuisines de temps immémorial. Il est situé au rez-de-chaussée du pavillon de Flore, faisant face au Pont-Royal. La vue est délicieuse, mais les pièces ne sont pas grandes. L'ameublement, frais et élégant, a été bien conservé. Le seul dégât considérable a été pour l'original du tableau représentant Louis-Philippe saignant le courrier Varner. A coups de bayonnette on a fait justice du fait qui, dix ans auparavant, attirait la mention honorable et clandestine du prix Monthyon. Incertitude des jugemens humains !

L'enfilade des appartemens du roi et de la reine, à partir du pavillon de Flore, droite de l'escalier du rez-de-chaussée sur le jardin, jusqu'à la terrasse, fut bientôt occupée.

Les souvenirs des précédens locataires, Napoléon, Louis XVIII et Charles X, ne sont venus dans ce moment là à la mémoire de personne. Tous les tableaux se rapportaient uniquement à la branche régnante. Ainsi, dans le salon des aides-de-camp, en pied et de Winterhalter, la princesse Marie, peinte de souvenir, dit-on, tenant son fils sur ses genoux, la reine des Belges au milieu, et sur l'autre face, la princesse de Saxe-Cobourg. Les portraits de Léopold et du duc d'Aumale ont été déchirés ; du premier il ne reste plus que le haut de la tête, et du second la partie gauche de la face a disparu. Au dessus, le duc de Wurtemberg, qui leur était inconnu, a été épargné ; de l'autre côté, le prince de Joinville, en élève de marine, n'a pas reçu le plus léger outrage, justement par un sentiment tout contraire : il leur était connu.

La seconde pièce, qui fait suite, était le cabinet où Napoléon avait dicté des lois au monde, où Louis XVIII avait revu sa charte et où Charles X avait signé ses ordonnances ; Louis-Philippe, le 24, à onze heures du matin, y rédigeait son inutile abdication sous la dictée de M. Girardin. Il y avait travaillé la nuit jusqu'à quatre heures, pour nommer Thiers ministre, lui adjoindre Odilon Barrot, et donner à Bugeaud le commandement de la troupe et de la garde nationale. Nous y avons trouvé les originaux de ces deux ordonnances, les

dernières publiées dans le *Moniteur* de la monarchie de 1830, ainsi que la
minute de la proclamation pour le ministère Thiers. Après ces actes insi-
gnifians, Louis-Philippe fut se coucher, dormit paisiblement jusqu'à sept
heures, ne soupçonnant même pas le volcan qui allait faire éruption. Rien
ne peut rendre le désordre, les indécisions et les lâchetés à partir de ce
moment jusqu'à midi. C'est à n'y pas croire......; mais je suis hors de mon
sujet.

Le cabinet dont nous parlons est encore meublé, ainsi que la chambre royale
où nous allons entrer, dans le style du Consulat et de l'Empire. Ce sont les
sphynx rappelant la récente expédition d'Egypte, et autres symboles de l'an-
tiquité. Le secrétaire de Napoléon, en érable et à cylindre, contenait une
foule de compartimens et de cachettes mystérieuses ; secrets impénétrables
jadis et aujourd'hui connus de tout le monde : il a été fouillé et refouillé de
main de maître. C'est une dentelle aujourd'hui, fabrique des enfans de Paris.
On prétend que vingt-cinq mille francs en or y ont été enlevés ; les moindres
traces ne s'en révèlent pas, et de long-temps ce meuble n'est destiné à recevoir
aucun trésor. Il serait d'un grand prix néanmoins pour un amateur, en son-
geant qu'il a été dépositaire des secrets et de la fortune des empereur et
rois, depuis un demi-siècle. Le reste de la pièce, à l'exception d'un portrait
de Nemours, n'a pas été trop maltraité. La reine Amélie, quoique par Her-
sent, est tout ce qu'on peut voir de plus caricature ; néanmoins elle n'a pas
la moindre égratignure ni son vis-à-vis, madame Adélaïde, et son voisin le
prince de Joinville. La pièce à côté qu'on appelait des *quatre cheminées* sous
l'Empire, a été arrangé par la dynastie de juillet, de façon à servir de vestibule
à l'escalier-bascule qui descend dans les petits jardins réservés. Cette
sortie du palais nous a été horriblement préjudiciable les 24, 25 et 26 février. En suivant, on arrive au cabinet de toilette du roi, dont la commode
n'avait pas été touchée. Elle lui servait de toilette, quoique surmontée
des *Trois Grâces* que Napoléon avait commandées à Blondel en 1808. Dans
cette petite pièce se trouve un bon fauteuil brodé par la reine, et que madame
Adélaïde venait occuper tous les matins, pendant que son frère se débar-
bouillait, pour traiter ensemble, et Dieu sait dans quel esprit ! les hautes ques-
tions politiques.

L'entre-deux qui sépare ce cabinet de la chambre à coucher, était un véritable magasin de laines et de soieries à broder, ainsi que de tapisseries com-
mencées, preuve irrécusable, que l'ex-reine, comme Pénélope, brodait beaucoup ; mais une foule de jolis meubles attestent que, contrairement à son ancienne
sœur d'Itaque, la reine des Français savait achever ses œuvres. L'enlèvement
de toutes ces laines de travail, au profit de Marie-Amélie, a été un des premiers actes de générosité de la République, ainsi que la restitution du prie-
Dieu où elle avait enfermé jusqu'aux linceuls du duc d'Orléans et de la princesse Marie, et sur lequel la plus malheureuse et la plus tendre des mères,
pourra continuer à pleurer dans l'exil la perte des deux enfans dont l'éclat du
trône ne la consola jamais.

La chambre à coucher de Louis-Philippe et de la reine était aussi celle de
ses devanciers. Les meubles, tels qu'armoires, commodes, pendules, sont
dans le style de ces époques. Acajou ronceux ou citronnier, avec des dorures
appliquées, tels que lyres, trophées, etc. Il n'est pas un épicier qui continue
a en vouloir dans ce genre. Le lit royal appartient en propre à Louis-Philippe, très opiniâtre pour ses habitudes comme il l'a été malheureusement

trop, pour sa famille, dans son système politique. Ainsi, c'est un meuble de longueur ordinaire, mais aussi large que long. Il n'a qu'un sommier en crin de l'épaisseur de dix à douze centimètres; du côté de la reine est placé au dessous un matelas de laine. C'est un assez mauvais lit en somme, même dans son meilleur compartiment. Certes, ce n'est pas dans les instans consacrés au sommeil que l'ex-Roi sentira les rigueurs de l'exil. Le plus mauvais lit anglais vaut bien celui qu'il a perdu aux Tuileries.

Entre les deux fenêtres, en face du lit, est le fameux serre-bijoux de l'impératrice, que visitèrent jadis et la cour et la ville. Il est en bois d'érable surchargé de dorures de toutes sortes : Vénus sortant de l'onde avec les amours sous toutes les formes, et les divinités mythologiques avec leurs attributs à l'entour ; les ailes des papillons et des amours s'y disputent coquettement l'ouverture des serrures. Ce meuble n'a été nullement endommagé ; c'est un très beau type de l'époque. Il ne servait sans doute pas considérablement, car nous y avons encore trouvé une masse de gants longs de l'Impératrice, quand la mode laissait le bras à découvert jusque sous l'aisselle, et que la ceinture montait à couper la gorge. Les commodes et consoles sont à l'avenant, et en meubles nouveaux, le prie-Dieu d'Amélie, dont nous avons déjà parlé, et les portraits du duc d'Orléans et de Marie, aux deux côtés du lit, eussent été les seuls inconnus que les prédécesseurs de Louis-Philippe auraient rencontré dans leur ancienne chambre à coucher. La fameuse cuirasse en buffle, à l'épreuve de la balle, a long-temps roulé au milieu des meubles épars. Beaucoup en ignoraient l'emploi, et ceux qui ont soupçonné cette défense projetée contre l'assassinat, ont pu remarquer qu'elle n'avait jamais dû servir. Ses formes ne se prêtaient pas bien aux contours obligés du corps humain. Elle est du reste encore là, et l'on en pourra juger, si elle est déposée au musée d'Artillerie entre l'armure de Bayard et celle de Henri IV.

Attenant à la chambre à coucher, et toujours en se rapprochant du centre, le cabinet de la reine, vrai bijou pour la grâce et la richesse. Dans une glace double, les palmes de ses enfans sont glorieusement groupées. A côté des débris d'Anvers, recueillis par le duc d'Orléans, s'étalent les épaulettes et le sabre de Santa-Anna, que le général mexicain, pour être plus léger sans doute, abandonna à Saint-Jean d'Ulloa. Si les Invalides n'ambitionnent pas ces trophées nationaux, ils reviennent de droit à une mère, dont le cœur est moins exigeant que la postérité.

A ce même rez-de-chaussée, formant la doublure de cette aile, sur la cour des Tuileries, on trouve la salle des Aides-de-camp et le salon de Stuc, véritables lieux de réunion que nous avons souvent prêtés pour les élections de tous genres. Ce sont de vastes salles assez simplement décorées, où les glaces, multipliées à l'infini, mais de petites dimensions, ont été brisées, ainsi qu'un portrait en pied de Louis-Philippe, placé au milieu du salon de Stuc en face de la reine des Belges, que la galanterie française a plus ménagé. C'est dans ce salon, où Louis-Philippe venait déjeuner presque tous les matins, qu'il donnait ses petites audiences. Commandant au drapeau le 9 avril 1847, je fus admis à présenter mon *Palamède* à ce royal abonné ; dans ces mêmes lieux, où j'ai tant commandé en maître depuis cette époque, je n'ai jamais pu oublier une circonstance où, pour la première et la seule fois de ma vie, je me suis trouvé face à face avec un roi, uniquement pour parler, en français et en anglais, du *Jeu des Échecs*.

Nous voici au Perron de la Reine : de là jusque sous l'horloge, il y a enfi-

lade de petits appartemens, très bien ornés de tableaux principalement consacrés aux diverses princesses. La bibliothèque de la reine et l'*oratoire* sont
compris dans cette série de petits appartemens. Cette dernière pièce, dans le
style gothique et d'un caractère tout religieux, renferme les originaux de la
statuaire Marie : sa Jeanne d'Arc, sous les diverses formes, et les anges
qu'elle se plaisait à tailler dans le marbre. On avait bien écrit sur les portes :
« Respect aux arts » ; mais la brutalité avait déjà brisé les deux bras de
l'ange à genoux, destiné à la chapelle Saint-Ferdinand. Les fragmens en
sont restés, ce qui permettra de rétablir la statue dans son entier. Il est
impossible d'entrer dans cette espèce de sanctuaire sans éprouver un sentiment de pieuse admiration. La prière y est muette, l'autel est désert et renversé ; mais la douce et maternelle piété, honorant l'œuvre de son enfant
sitôt ravi à tant d'amour, parle encore dans ce séjour à toute âme honnête
et sensible. Un artiste s'en constitua le gardien à la suite de l'occupation, et
il y vivait seul, mystique et doucereux, à faire croire qu'il était réellement
descendu du ciel pour accomplir cette mission de pieux cénobite.

Le prince de Saxe-Cobourg, la princesse Clémentine et ses enfans, occupaient la suite des appartemens. Ils ont été un peu saccagés, mais rien de
précieux ni de rare ne pouvait être compromis là. Plusieurs portraits de
cette branche de Saxe-Cobourg ont été réclamés par la reine d'Angleterre
comme sa propriété ; on n'a pu les retrouver.

Le pavillon de *Flore* avait été incendié en 1787 ; réparé ensuite, Louis XVI le
trouva, après le 6 octobre, dans toute sa fraîcheur. Il a été, depuis, considérablement décoré. Au dessus de Mme Adélaïde habitaient Joinville et d'Aumale.
La résidence de Joinville était la plus simple de toute la famille, et d'une étendue assez restreinte pour qu'un républicain de bon aloi l'ait trouvée insuffi-
sante pour se loger. Une masse de cartes marines et d'ouvrages hydrogra-
phiques composaient le fond de son mobilier et sa plus riche partie. La princesse brésilienne savait se conformer à la simplicité des goûts de son mari,
qu'elle partageait sans doute par amour, malgré le comfort du riche trous-
seau tropical qu'elle avait rapporté de ses chaudes régions. C'est presque par là qu'ont commencé les dégâts, et c'est au voisinage des caves,
à deux barils d'excellent rhum que le prince avait chez lui, que l'on doit im-
puter les excès que l'ivresse inspira et que la cupidité développa. Cet appartement Joinville, qui eût commandé le respect sans de pareilles circonstances, est une nouvelle preuve qu'en révolution la fatalité est pour beaucoup, et que justice n'est pas toujours bien rendue, même par le peuple, qui
vaut cependant bien mieux en France que ceux qui l'oppriment ou s'en font
les organes pour le jouer sans cesse et toujours.

Le duc d'Aumale, quoique héritier de la fortune colossale des Condés, n'a-
vait qu'un train de maison fort mesquin. Ses appartemens, sous les combles
du pavillon de Flore, étaient élégans sans doute, et le roi en avait fait les
frais ; mais on voyait facilement que l'usufruitier d'une immense fortune
économisait les revenus, pour affranchir ou augmenter le capital de sa maison. C'était le système imposé par le chef de la famille ; il peut être bon,
mais il faut avouer qu'il lui a assez mal réussi, ainsi qu'à tous les siens. Le
duc d'Aumale a ses biens sous le séquestre, et, comme un liquidateur en
est chargé, on a remis à celui-ci tout ce que le prince possédait aux
Tuileries.

Le duc de Wurtemberg, habitant, avec son fils, de la partie le plus élevée du pavillon de Flore, était présent à Paris lors de la révolution. Il n'a pas, mieux que ses beaux-frères, défendu la couronne du papa beau-père. Lors de la fuite générale, c'est par la communication des Tuileries avec le Musée qu'il a effectué sa retraite. Un gros portefeuille, qui embarrassait sa marche, lui a été enlevé dans le Louvre, et placé sous scellé.

L'argenterie était dans cette partie du palais, et n'a pas été touchée. Quelques bons citoyens ont suffi pour la préserver ; ce qui prouve bien qu'on cherchait plutôt à grapiller isolément qu'à faire un pillage général. Sur près de trois millions d'argenterie, il manque une dizaine de mille francs, et encore n'est-il pas dit qu'on n'en retrouvera pas dans les dépôts publics. Elle a été portée à la Monnaie pour être convertie en argent. Le domaine privé a été réservé, ainsi qu'un service en vermeil de Napoléon. Ce service, de cinquante couverts, est tout ce qu'on peut voir de plus riche, et les plus brillans souvenirs s'y rattachent. Quelques pièces d'argenterie, dont la façon vaut plus que la matière intrinsèque, seront aussi provisoirement sauvées de la fonte.

Maintenant, au premier étage du palais, et en quittant le midi pour marcher vers le nord, nous avons des appartemens doubles jusqu'à la Terrasse. C'est aux *Invalides civils* que cette partie du palais a été affectée. Ils occupent tout l'étage jusqu'à la Salle des Maréchaux. C'est la partie la plus grandiose. Là, où se donnaient les fêtes, gît la douleur, et la patrie reconnaissante prodigue des soins sous ces mêmes lambris où les diverses aristocraties ont si souvent dévoré les sueurs du peuple. Sur la cour, la Galerie de Diane, où se servaient les grands repas, et où dînait tous les jours la nombreuse famille de Louis-Philippe. La décoration, qui a été parfaitement conservée, date de près de deux siècles ; la première école française à Rome, copia les peintures de la galerie de Carrache, au palais Farnèse, et les envoya aux Tuileries, où elles ont traversé, dans cette même salle, tous les orages des différens règnes et des révolutions. En suivant, on trouve le Salon du Roi ; désormais on peut bien l'appeler le *Salon du Peuple*, car c'est le point où les blessés se groupent autour de la cheminée. Vient après la Salle du Trône, dont nous avons déjà raconté les désastres ; puis, le Salon d'Apollon et le Salon de Réception. Quelques tentures y ont essuyé des outrages ; mais les beaux vases, les lustres, les grandes pendules et les magnifiques mosaïques, ont trouvé de généreux protecteurs. Cependant, le désordre prolongé de ces *Invalides civils* dégrade tous les jours et le monument et le mobilier. Qu'on y prenne garde !

Dans cette même partie, sur le jardin, nous avons, en quittant l'escalier de Flore, l'antichambre des huissiers. Elle précède les deux salons des ministres. Dans le premier se tenait le conseil. On y voit encore la table et le tapis même où se sont élaborées tant de trahisons et si peu de bonnes lois. La pièce, décorée de très beaux tableaux, sert de bureau à l'hospice ; mais, avec un coup de balai, elle redeviendrait le théâtre, à peu près intact, des exploits de Guizot et de ses complices. Un cabinet du roi et une espèce de secrétariat conduisent au *salon de famille*. Il n'a qu'un seul tableau, le portrait de la reine des Belges, par Winterhalter. Dans ce *salon de famille*, Louis-Philippe avait sa statue en bronze, à peu près de grandeur naturelle. Aussitôt aperçue, elle fut l'objet de toutes sortes d'outrages. Enfin, précipitée par la fenêtre, on en détacha la tête, et le tronc fut jeté dans un brasier d'où nous n'avons retiré que des débris informes. A côté, la salle de billard. Tous ces lieux ont changé leur mobilier contre celui du Val-de-Grâce. La terrasse qui fait suite servait à faire parader les grosses épaulettes et les cordons rouges les jours de fêtes publiques. Les blessés, maintenant, en ont fait leur estaminet. Il y avait un projet pour construire une galerie couverte, qui mettait ce côté en harmonie avec l'autre côté du midi; mais Louis-Philippe ne voulait pas avoir l'air, publiquement du moins, de dépenser de l'argent. Il eût craint de passer pour trop riche.

Dans le milieu de ce corps de logis avait été établi une espèce de manége, mu par des bras d'hommes, dans une cage où montait et descendait un fauteuil, servant à transporter les princes et princesses d'un étage à l'autre. La cage et les rouages restent, mais je n'ai jamais pu savoir où avait passé le fauteuil. Il aura subi le sort du trône. Les escaliers, dans l'obscur corridor du milieu, ne sont bien disposés que pour le service des entresols où logaient les serviteurs. Ces distributions sont affreuses et ne voient jamais, non seulement le soleil, mais le plus petit rayon de lumière. Un garde à chaque bout, armé jusqu'aux dents, veillait la nuit sur cette espèce de coupe-gorge.

La salle des Maréchaux sépare en deux le palais des Tuileries. Du côté du nord, nous trouvons d'abord le magnifique escalier près du jardin; il existait autrefois sur la cour. La partie supérieure était, comme de l'autre côté, une terrasse, que Louis XVIII avait fait couvrir d'une tente dorée pour se rendre à la chapelle. Le dessus de l'ancien escalier était la salle de *la Liberté* sous la Convention, baptisée *salle des Gardes* sous la Restauration, et enfin *salon de la Paix* sous Napoléon, du nom de la statue d'argent donnée à l'Empereur par la ville; elle avait fini par s'appeler *galerie de Louis-Philippe*, à cause du bas-relief sur la cheminée du centre, représentant sa statue équestre. Il avait l'air, en montrant *la Paix* (à tout prix, sans doute), de l'apporter au peuple français, à qui Napoléon n'avait fait que la promettre. Ce bas-relief a été criblé de balles, et la statue de *la Paix* est intacte. « On voit bien là le sentiment du généreux peuple de Paris, qui s'approprie le plâtre et respecte l'argent. » Réflexion inspirée sur les lieux à une grande dame anglaise; nous l'avons recueillie comme preuve que nous sommes sainement jugés par l'étranger.

Séparée par une antichambre, vient, à la suite du *salon de la Paix*, la galerie de la Chapelle, ancienne salle du conseil d'Etat, où Napoléon élabora ses Codes immortels. Le plafond était orné de la bataille de Fontenoi, que Louis-Philippe a fait transporter à Versailles, dans ce Musée de *toutes les célébrités*, et non pas comme on l'a inscrit à tort, *de toutes les gloires*. La galerie du Théâtre touche celle de la chapelle, et sur le flanc, du côté du jardin, la chapelle occupe le rez-de-chaussée comme le premier étage. Nous avons déjà eu occasion de dire qu'avec de très légères réparations cette chapelle, due à Napoléon, avait pu être rendue au culte sans porter de traces visibles de la révolution de 1848.

Du pavillon de Flore jusqu'au bout du théâtre, on compte 800 pieds. C'est, de plain-pied, la plus longue série d'appartemens connue.

Tout le rez-de-chaussée du Palais, entre le pavillon de l'Horloge et le Théâtre, était employé, ainsi que les entresols, pour les différens services du château : le commandant du palais, la salle-vestibule où dînaient les officiers de garde aux Tuileries, les surveillans, la lingerie, la sacristie, etc. Beaucoup de dégâts ont eu lieu dans ces intérieurs.

Le Théâtre, qui date de Louis XIV, fut consacré par ce monarque à la mise en scène de ballets et de pantomimes. Nous ne sommes pas bien sûr qu'il n'y ait pas dansé lui-même. On avait donné à ce théâtre le nom de la *Salle des Machines*. Le grand opéra s'y joua en 1763, et, de 1770 à 1782, le Théâtre-Français l'occupait : c'est là que Voltaire fut couronné ; *les Italiens* aussi ont été en possession de cette salle.

Pendant plus de deux ans, du 10 mai 1793 au 26 octobre 1795, la Convention y tint ses séances, au moyen de quelques travaux exécutés à la hâte et qui faisaient de la chapelle et du théâtre un seul et même emplacement. C'eût été assez grand pour y mettre, cette année, l'*Assemblée nationale*. J'en avais ouvert l'avis, après mûr examen des lieux, que M. de Lamartine est venu visiter.

C'est Napoléon qui fit sur cet emplacement la part du profane et du sacré. Pour enlever les traces sanglantes de la révolution, il restaura le théâtre et construisit la chapelle. Outre les représentations d'apparat qu'il donnait souvent à ce théâtre, au besoin, il le transformait en salle de festin. C'est là qu'avait eu lieu le grand banquet du mariage de l'Empereur avec Marie-Louise. Louis-Philippe a fait repeindre et rétrécir la salle de spectacle. Elle a été dégradée aux journées de février. J'y pardonnai beaucoup, pourvu qu'on me sauvât l'incendie. Ainsi, l'on a arraché le velours sur le devant des galeries et des loges, et l'on a brisé les quinquets et les décorations. Je les surpris montant le lustre, avec l'intention de le laisser ensuite retomber avec fracas. En m'époumonnant, je fus assez heureux pour faire entendre des paroles raisonnables aux demi-Vandales, perchés au sommet de l'édifice. Avant d'y redonner des représentations, il faudrait commencer par dépenser au moins, et sans faire de luxe, une douzaine de mille francs ; c'est ce qui a arrêté les prétentions de s'en servir depuis la dernière révolution. La salle est petite, mais la scène est très profonde et a beaucoup d'élévation. On prétend qu'elle touche aux proportions colossales du Grand-Opéra. Enfin, grâce à Dieu, ce théâtre et le palais entier ont été sauvés du feu dans les dernières circonstances, les plus critiques assurément par lesquelles il ait jamais passé.

Nous voici dans le pavillon de Marsan, où la Convention, après y avoir établi ses bureaux, avait tout rendu inhabitable. Il a fallu que Napoléon le fît rebâtir intérieurement, en le décorant de nouveau sur un plan meilleur, en accord avec l'aile neuve à laquelle il se rattache, et qu'il allait faire prolonger jusqu'au delà de la rue Saint-Nicaise, d'où partit la machine infernale.

Louis-Philippe aussi, sans changer les formes et les dispositions du pavillon Marsan, y a fait exécuter de grandes réparations pour rendre les logemens plus commodes et plus convenables. Tout a été remis à neuf ou amélioré. Il y avait fait disposer les appartemens des aînés de sa race. Le duc d'Orléans occupait le rez-de-chaussée, et nous avons été assez heureux pour conserver toute cette partie à peu près intacte, y compris la pièce des petits princes. Le hasard y amena un grand nombre de bons citoyens qui persévérèrent à défendre leur œuvre de conservation, et, à mon arrivée, je m'y suis installé de façon à continuer une bonne défense du poste. Le succès a été complet ; aussi, à l'exception de quelques armes, tout ce qui a appartenu à la duchesse d'Orléans pourra lui être restitué. Ses papiers, portés à l'Hôtel-de-Ville, quoiqu'irrégulièrement, sa vaisselle et ses bijoux au Trésor, se retrouveront. Le reste est encore tel qu'elle l'a abandonné. C'était toujours le point consolateur pour ceux qui visitaient le Palais, qu'on croyait entièrement dévasté. La portion des appartemens du duc, remise à l'État-Major, n'avait pas encore été vue par dix personnes, six semaines après les évènemens. Tout y était en place comme le 23 février. Sa belle galerie de tableaux, dans la salle à manger, les trophées d'armes, l'oratoire de la duchesse, rien n'était dérangé. L'autre portion a été aussi préservée de dévastation, jusqu'aux fleurs qui n'étaient qu'hebdomadaires : elles continuent, après trois mois de république, à embaumer monarchiquement les appartemens. Mais une occupation militaire et nombreuse, tout en conservant, n'a pas aussi bien ménagé la fraîcheur que si les pièces avaient pu être fermées. Cependant, les traces du passage du peuple n'y sont pas visibles, et Dieu sait que de monde, et quel monde, y est entré !

Le duc d'Orléans était un homme de goût et un grand protecteur des artistes. Ary Scheffer lui a vendu ses plus belles toiles ; le surtout de Barye est unique, et les objets d'art et d'ameublement sont du plus élégant et du plus riche style.

L'épée du Comte de Paris, trophée tant envié par les vainqueurs, est restée sous ma plus vigilante garde, et la patrie doit toujours en profiter, comme le dit la devise de la lame : *Urbs dedit, patria prosit*, quelle que soit sa destinée.... La superbe glace Psyché brille du même éclat que lorsqu'elle réfléta pour la première fois, en présence du magnifique conseil municipal de Paris, l'image de la fiancée du prince royal.

Lors de la chute du duc d'Orléans, l'appartement qu'il venait de quitter aux Tuileries fut condamné, et la duchesse seule y pénétrait chaque jour anniversaire de sa mort, pour y pleurer en silence. Tout avait été laissé dans le même état, et cet appartement avait été condamné à l'immobilité et comme à la pétrification. Le temps, à qui rien ne résiste, y a seul exercé son pouvoir de changement : les gants du prince, encore sur son chapeau, sont devenus secs, et la fleur est tombée au pied de l'arbuste desséché. Tout ce qui était nature animée a suivi le sort du maître. Nul mausolée n'est empreint d'un deuil plus profond que cette chambre arrosée, depuis six années, des larmes d'une nouvelle Arthémise.

Nous y avons pénétré avec recueillement, et jusqu'à présent les rigueurs même de l'inventaire n'ont pas interrompu le calme et l'ordre religieux de ce *sanctus sanctorum* conjugal. A d'autres le soin de changer cette pieuse destination.....

L'appartement au dessus est celui du duc de Nemours : il étincelle de l'éclat de la jeunesse et de la fraîcheur. Louis-Philippe, qui devait le payer (car il ne l'est pas tout-à-fait encore), passerait pour un prodigue à interdire, si toutes ses opérations portaient un pareil cachet. Rien n'a été épargné pour les décors, où tout est soie et or. On ne peut certainement rien rêver de plus élégant et de plus riche à la fois que le salon de la duchesse. Quelles glaces ! quel plafond ! De quelque côté que les yeux se tournent, ils sont éblouis, et l'extase est permise : la divinité seule est absente du temple. Nous avons été assez heureux pour refouler les dévastateurs dans les pièces à côté, et encore aucun des plus beaux meubles n'y est tombé victime. Toutes les glaces, les riches tentures, les portraits ont été épargnés. En général, la toilette et les objets particuliers des propriétaires n'ont pas trop souffert dans cette riche habitation.

Le duc et la duchesse de Montpensier ont leur appartement au même étage, se prolongeant sur la rue de Rivoli, du côté de l'Echelle. L'infante espagnole a, sans doute, été la moins effrayée, car elle a voulu faire ses malles avant de partir. Habituée dans son enfance aux révolutions, elle sait se mieux précautionner, et n'a pas voulu nous abandonner cette fameuse dot qui avait rompu l'alliance anglaise et amené la déviation du système de l'*entente cordiale*. On a consenti à lui rendre ce qu'elle nous avait laissé, jusqu'à la belle et riche madone qui a repris la route de Madrid avec notre ambassadeur. Il se placera sous son patronage, non pas par cagotisme, mais pour ne pas passer pour le représentant d'une République qui retient la dot des infantes.

Je ne vous ferai pas monter sur les combles du bâtiment, quoique des trois pavillons, sur lesquels il y a des terrasses, on découvre tout Paris. Du haut de l'Horloge, où l'on a tous les maréchaux sous les pieds, la vue se projette sur le plus magnifique panorama, et fi! de l'ascension de l'Arc-de-Triomphe et des tours Notre-Dame. Mais cette toiture des Tuileries est encore un des moyens les plus perfides d'introduction dans le palais. On y arrive du dehors par l'ancien Etat-major ou de l'autre côté, par le Louvre, et tous les jours nous devions livrer des chasses de sécurité dans ces parties du bâtiment. Non, rien n'est plus difficile que d'être chez soi aux Tuileries, et les hommes de la police de sûreté nous ont fait l'aveu que de tout temps elles ont fait leur désespoir.

J'ai banni la curiosité indiscrète des Tuileries : pas un billet n'a été accordé pour les visiter. Si un petit nombre de personnes ont été admises à en parcourir certaines parties, cela tenait à des considérations de services ou à des positions qui ne sont pas refusables. Comme il avait fallu tout cadenasser ou murer, c'était un véritable travail que ces pérignations dans lesquelles il fallait toujours être précédé et suivi de serruriers. Des milliers de demandes nous ont été adressées, malgré la publication, plusieurs fois répétée dans les journaux, qu'elles ne pouvaient être admises. On désirait encore plus les visiter dans leur état de désordre que lorsqu'elles étaient dans toute leur splendeur. Nous avons tenu, nous, à honneur de ne pas montrer, aux étrangers surtout, nos plaies vives avant qu'elles ne fussent cicatrisées. L'incertitude du sort réservé à ce beau palais a fait ajourner les réparations intérieures ; si la destination doit être changée, et c'est évident, les aménagemens ne resteront plus les mêmes, et alors il faut attendre pour faire tout à la fois. Approprier, maintenir et conserver, est le seul rôle du présent.

Les princes de la maison déchue avaient tout abandonné, et, à peu d'exceptions, ils n'ont emporté que ce qu'ils avaient sur le corps. Les serviteurs attachés à leurs personnes ont donc fait de nombreuses démarches pour obtenir le plus possible de restitutions, et subsidiairement, les objets de stricte nécessité. Le Gouvernement provisoire était le seul juge compétent comme principe. Par un décret (peut-être irrégulier et contestable dans la forme, mais évident quant à l'esprit qui le dictait), il frappait de séquestre tous les biens, meubles et immeubles. Un administrateur général de la Liste civile et du domaine privé fut nommé, et l'exécution lui en était remise. Quant aux immeubles, rien n'a bougé; pour les meubles, les valeurs intrinsèques, comme les bijoux, l'or, l'argent et les objets d'art, ont été aussi compris dans le séquestre. Restaient les articles corporels et de sentiment. Ici des hommes de cœur pouvaient engager leur responsabilité, et le pays, s'il avait pu être consulté, aurait été bien au delà. Je devais mettre, moi, de la circonspection, au lieu de céder à l'entraînement. Tout en exécutant les ordres, j'ai persisté à ne pas dévier à deux principes, restrictifs encore, qui se rattachaient à d'autres graves intérêts. Jusqu'au 7 mars inclusivement, rien n'a pu sortir du palais, et les papiers, tant qu'ils n'auront pas été soigneusement examinés, sont à mes yeux des secrets d'Etat. Ils sont sous scellés, et nous en parlerons plus loin.

Il y avait aussi plusieurs catégories dans la famille déchue; ainsi, comme je l'ai déjà dit, la liquidation du duc d'Aumale, héritier des Condés, se faisant à part, on n'a fait que changer le local du dépôt séquestral. Ensuite, les princesses mariées à des princes étrangers ou les princes qui avaient épousé des princesses étrangères avaient qualité différente de celle des membres de la famille uniquement français. A ce compte, le roi et la reine ont été les plus sévèrement traités. Les autres ont reçu à peu près la totalité de leurs hardes et les petits meubles, de prix pour eux seuls. La duchesse d'Orléans a encore presque tout aux Tuileries, religieusement gardé, il est vrai; aussi, dans le cas de restitution des biens meubles, elle aurait, ainsi que ses enfans, la même fortune modique, moins la rente budgétaire dont elle jouissait précédemment et les chevaux, que Sobrier lui a éreintés.

Cette partie de ma mission a été la plus pénible. Les malheurs sont relatifs, et l'on ne peut disconvenir, surtout lorsqu'on voit de près et à toucher, que cette famille, par la faute de son chef, a beaucoup perdu, et qu'elle n'est pourtant pas indigne d'intérêt.... La République prononcera par l'organe de ses représentans. A son départ, Charles X avait été traité avec grandeur, en comparaison de ce qui a été fait cette fois-ci. Il n'y avait plus de titres qu'en ce que sa fuite avait au moins eu quelque chose de royal, et qu'on avait un peu traité avec lui de puissance à puissance. Ici rien de pareil : tout est donc remis et subordonné à la générosité de la nation (1).

Je ne serai pas l'écho de l'état de dénûment dans lequel on nous les représente, quelque disposé que je sois à croire ce que tout me prouve : l'imprévoyance de Louis-Philippe pour sa fortune privée a été égale à celle

_____

(1) Quand Rome chassa les Tarquins, accablés sous l'exécration publique, ceux-ci réclamèrent leurs biens qu'ils accusaient les sénateurs de vouloir s'approprier. Ils répondirent par la voix de Brutus :

    « Ces pères des Romains, vengeurs de l'équité,
    • Ont vieilli dans la pourpre et dans la pauvreté,
    » Au dessus des trésors que sans peine ils vous cèdent.
    » Leur gloire est de dompter les rois qui les possèdent.
    » Prenez cet or, Arons, il est vil à nos yeux.
    » . . . .
    » . . . .
    » Qu'au tyran désormais rien ne reste en ces lieux
    » Que la haine de Rome et le courroux des dieux. »

                              VOLTAIRE.

qu'il a montrée pour sa fortune politique ; l'homme et le roi tout d'une pièce, ont tout joué sur la même carte : couronne, fortune, réputation.

Les papiers ont été une grande affaire. Insuffisans dans les premiers momens pour sauver les valeurs intrinsèques, nous n'avons pu ravir aux bûchers les papiers de toutes sortes qui les alimentaient au dedans comme au dehors : il en a été consumé un grand nombre.

Le 25 février, nous reçûmes un ordre de M. F. Arago, qui accréditait le citoyen Pontécoulant pour faire la recherche et la classification dans les papiers de l'ex-roi, gisant pêle-mêle dans des corridors où nous dûmes interdire la circulation pour que ce travail pût se faire.

M. de Pontécoulant, que la légion Franco-Italienne réclame maintenant, a travaillé constamment à ce classement par ordre de matière. Chaque département pourra venir chercher son dossier. Jusqu'à présent le ministère de la marine est le seul qui ait reçu son lot.

Il a été question de quatre portefeuilles du roi. Deux furent trouvés le 9 mars, dans une cachette, derrière le cabinet des secrétaires. Ils avaient été signalés au Gouvernement provisoire, qui envoya le procureur général avec une indication tellement précise, qu'il arriva tout de suite à ce dépôt, que nul n'avait pu suspecter encore. Il y avait eu cependant plusieurs émissaires commis pour les enlever au moins en partie et successivement. Un de ces émissaires, premier attaché à la maison, avait même obtenu d'un membre du Gouvernement provisoire une autorisation auprès de moi pour rechercher et classer ses papiers. Je ne pouvais qu'y faire droit, mais d'après la règle générale que j'avais établie, c'est à dire la présence obligée d'un élève de l'Ecole polytechnique chargé de me remplacer pour que tout se passât convenablement, et surtout que rien ne fût enlevé. Cette mesure le contraria visiblement, et après deux visites dans son cabinet, toujours en compagnie de l'élève, il n'en réclama pas une troisième en apprenant surtout que les portefeuilles étaient en lieu sûr. Le Gouvernement provisoire, sans y trouver tout ce qu'il espérait, y a pourtant recueilli des renseignemens intéressans ; plusieurs ont été publiés par la *Revue rétrospective.* Un second émissaire, se glissant sans permission et dans l'ombre des couloirs, fut par moi saisi dans une tournée. Il était bardé sous ses habits d'autographes du roi, avec lesquels je l'envoyai au Parquet. Malheureusement, le substitut de service ne comprit pas l'importance de la capture, et le jeune homme fut mis en liberté sur parole de se représenter. Il a oublié ses promesses, comme tant d'autres.....

Le roi, dans sa fuite, a jeté sous ses pieds, en montant dans la petite voiture à la place de la Concorde, le plus important de ses portefeuilles, contenant sans doute la besogne courante, et par conséquent ce qui se rattachait de plus près aux évènemens. Le quatrième portefeuille ne put trouver place dans cet exigu carrosse royal. Louis-Philippe le recommanda à un de ses aides-de-camp, ce même général Berthois, dont la si prompte conversion à la république n'a pas peu surpris. Le général le confia à un valet de pied, et, ici, nous en perdons la trace.

Pendant quinze jours au moins, la garde nationale de service aux Tuileries, très curieuse de visiter le château, profitait de toutes les imperfections des fermetures pour s'insinuer. Scrupuleuse pour tout ce qui pouvait être des valeurs de prix, elle ne considérait pas ainsi les bouts de papier, et leur faisait une guerre impitoyable jusque dans les chiffons de la cour. Nous avons eu beaucoup de peine à l'empêcher de satisfaire ses goûts autographiques. Je suis persuadé qu'ils ont amené plus de désordre pour nous, qu'ils n'ont produit de précieuses trouvailles; mais, à côté des incendiaires des premiers jours, il s'est trouvé plus d'un amateur qui a disputé de bonnes pages aux flammes.

Le général Courtais s'est présenté le 15 mars, *en vertu du droit du plus fort*, qu'il affectionnait particulièrement, pour se saisir des papiers. Il avait appris que les élèves de l'École Polytechnique s'en occupaient sous mes ordres. Il voulait, disait-il, mettre les papiers sous ses scellés et les emporter. Je ne voulus pas aller le rejoindre, par la crainte de recommencer les scènes de la précédente semaine ; on se lasse de tout, même d'avoir raison, quand on n'est pas sûr d'être soutenu, voire même approuvé.

Je priai le commissaire délégué de l'intérieur, le citoyen Châalon d'Argé, d'aller faire observer au général que je ne m'opposais nullement à ses scellés, puisqu'ils étaient conservatoires et ne pouvaient que me venir en auxiliaire; mais que pour enlever c'était autre chose, et que je ne laisserais pas sortir un seul papier. Avec beaucoup de courtoisie et de succès, la mission fut remplie. Le général apposa ses cachets sur trois ou quatre caisses; ils y sont encore. La porte aussi fut scellée par lui. Il devait y faire poser un factionnaire pour garder ses armoiries de vicomte. Il a aussi bien fait de ne pas se donner cette sujétion, car deux autres portes, communiquant dans cette même pièce, avaient échappé à ses yeux de lynx.

Nous avons fini par apposer nous-même d'assez solides fermetures aux dépôts principaux des papiers. Bien des commissions, instituées par des chefs de service, ont tenté de se livrer aux triages et classemens des papiers des Tuileries; mais comme j'avais résolu qu'ils ne seraient l'occasion d'aucune spéculation d'éditeurs ou de *chantage*; que les secrets de l'État ne devaient pas être livrés à l'indiscrétion publique, non plus que les intimes confidences de la famille, même de la famille royale, j'ai persisté à réclamer du Gouvernement provisoire, que le soin de recueillir tous ces papiers, sans juger autre chose que de séparer ceux qui ont une importance quelconque de ceux qui n'en ont aucune, comme les enveloppes et les accusés de réception ; que cette mission , sous notre surveillance, fût confiée à de studieux et discrets élèves de l'école Polytechnique, encore, dans leur bel âge, étrangers aux passions et aux idées spéculatives de l'époque. Ils ont consciencieusement accompli cette tâche, et rien de ce qui est passé par leurs mains n'a été divulgué ou détourné. Tout est là à la disposition du gouvernement de la République, qui nommera sans doute une commission officielle pour dépouiller ces colis sous scellés, au nombre de plus de trente. On fera ensuite la répartition de ces papiers entre les diverses administrations publiques, pour ce qui peut concerner chacune d'elles. Les lettres particulières de l'ex-famille royale ont toutes été scellées également, et lorsqu'on statuera sur leurs propriétés privées, la République décidera si, même par privilége, les épanchemens intimes de la famille ne doivent pas être une propriété respectée et rendue à ceux-là seuls qui ont un intérêt grave et direct à les conserver ou à les anéantir. Ils sont, du reste, à leur plus grande gloire comme moralité.

Il a été noble et sublime, de la part du Gouvernement provisoire, d'avoir protégé jusqu'à présent le secret de ces documens, en face des insatiables appétits qui ont obsédé chacun de ses membres pour percer des mystères dont le pays seul doit profiter.

Rien n'a pu être emporté légitimement des Tuileries; aussi avais-je proposé à l'autorité de faire un appel qui serait entendu par tous les bons citoyens, pour que ceux qui, par une route quelconque, se trouveraient dépositaires de papiers ou objets de curiosité enlevés au Palais, en fissent la restitution; ils ne pourraient d'ailleurs jamais se faire honneur d'un bien mal acquis, et encore moins en tirer un profit illicite.

Je n'ai eu qu'un service désagréable dans les honneurs du commandement; étant assailli de demandes et de réclamations par toute sorte de pétitionnaires, moi qui n'avais que des suppressions à faire, et jamais un emploi à donner, quelque minime qu'il pût être. L'exploitation du jardin par quelques privilégiés a été maintenue par mon impartialité jusqu'à nouvel ordre. Je n'ai appelé aucune personne étrangère à venir partager ces petites faveurs, où la possession m'a semblé valoir titre, au moins provisoirement.

La seule influence que j'aie jamais exercée ne l'a été que pour les patriotes qui ont servi, depuis le 24 février, aux Tuileries. Ceci était un devoir, et je l'ai rempli avec autant de zèle que d'ardeur et de constance, pour que chacun d'eux fût récompensé selon ses œuvres. Je n'ai cédé à aucune complaisance quelles qu'aient été les obsessions. Si j'ai commis des erreurs, c'est bien involontairement et malgré toutes mes précautions. Je n'ai pas toujours eu le cœur content du résultat. Bien des méritans ont peu obtenu, et souvent à grand'peine. Cependant, je dois reconnaître et publier que, généralement, on a montré les dispositions les plus bienveillantes, les mieux intentionnées pour faire justice à chacun, dans des limites malheureusement trop restreintes par l'insuffisance des moyens mis à la disposition des commissaires. C'est pour les éclairer, pour servir la cause des braves enfans du peuple, que j'ai usé mon crédit, poussé mon influence jusqu'à l'importunité, assailli le pouvoir de mes incessantes recommandations.

Si, à mon tour, je pouvais avoir besoin d'attestation, plus de cinq cents témoins ne devraient pas me manquer, et j'en appellerais à vous tous qui m'avez vu à l'œuvre et qui savez si je m'y suis ménagé. Peuple, élèves, gardes nationaux, j'attendrais de vous tous la justice que je vous ai rendue, les sentiments de fraternité que je vous ai montrés.

Après avoir eu à disputer les Tuileries au peuple qui s'en était emparé, quand les circonstances critiques et dangereuses ont été passées, une autre sorte d'ennemi s'est reproduite; une lutte nouvelle a dû commencer : c'était à qui viendrait partager l'autorité et l'influence sur un État rendu aux douceurs de la paix et de la tranquillité. La bureaucratie, les commissions, les états-majors, tout a voulu sa part. A qui le contrôle, à qui faire les embarras, à qui les honneurs?... je ne finirais pas sur ce chapitre des misères de la vie.

Le général de la garde nationale s'est trouvé insuffisamment logé à l'ancien état-major; il a obtenu, avec sa suite, d'entrer aux Tuileries; il a voulu s'y emparer, sans même respecter les règles hiérarchiques, du commandement militaire, et a régi les postes avec une ignorance complète des localités, et d'une façon plutôt brésilienne que française. Après quelques jours de luttes aussi puériles que fatigantes, mais inhérentes à la dignité dont j'étais revêtu, j'ai dû céder devant le chef d'un corps plus nombreux que le mien, à ce qu'on appelle la force brutale; et, en l'absence d'une autorité légale, régulière, organisée insuffisamment pour protéger le droit, qui a même poussé la cruauté jusqu'à refuser deux fois ma démission. J'ai continué à protester énergiquement.

C'est toujours l'état-major qui a présidé à l'organisation des honneurs insignes rendus aux décédés des *Invalides civils*. Nous pensions que ces hommages devaient s'attacher uniquement à la qualité de combattant de Février, et non à la localité où le martyr de nos troubles politiques rendait le dernier soupir. Erreur! pendant qu'on panthéonisait les décédés des Tuileries, leurs frères d'armes de la Charité, de Beaujon, ou de tout autre hôpital, allaient modestement en terre avec le convoi du pauvre et dans la fosse commune. Contraste choquant, et qui a naturellement inspiré à tous les mourans le désir de passer par les pompes des Tuileries avant de se rendre à leur dernière demeure! L'Etat de nos finances ne permettait guère ce luxe de dépense, et d'ailleurs, en supposant qu'on eût l'argent, ne valait-il pas mieux l'ajouter aux récompenses nationales, ou indemniser les familles qui perdaient leur chef, que de le donner aux *pompes funèbres?* L'abus, du reste, s'est fait sentir, et aujourd'hui, on attend d'avoir un certain nombre de morts pour recommencer les funérailles splendides; c'est collectivement qu'on enterre les *ganalisés* des *Invalides civils*, et les plus pressés de mourir doivent attendre les autres à la chapelle funéraire; perspective rassurante pour ceux-ci, et comédie ridicule pour un peuple aussi intelligent que celui de Paris!

Le Gouvernement provisoire a décrété enfin la jonction du Louvre et des Tuileries sous le nom du *Palais du Peuple*. C'est très bien; mais qu'en ferat-on? Il ne peut rester hôpital, ni à l'état-major de la garde nationale, qui le compromet en en faisant un arsenal, et dont le poste naturel est à l'Hôtel-de-Ville.

Au Pouvoir exécutif et à l'Assemblée nationale à s'y installer. Tout sera bientôt disposé, quand ces pouvoirs, mettant leurs scrupules de côté, voudront y chercher une grande et sûre hospitalité.

Palais du Peuple! Le titre est nouveau, si l'acte ne l'est pas. Le projet remonte à Henri IV, et il est peu de gouvernemens, depuis deux siècles et demi, qui n'aient cherché à réaliser ce merveilleux projet. La question de fonds a toujours été l'obstacle. Cependant, tout le monde a fait un petit morceau; sous Louis XIII, ou pour mieux dire sous Richelieu, la galerie du bord de l'eau a été prolongée, et le gros pavillon de l'Horloge a été bâti au centre de la grande cour du Louvre; Anne d'Autriche et Louis XIV firent élever la façade qui regarde le Collége Mazarin et la fameuse Colonnade du Louvre; à Louis XV, on doit les vestibules du Pont-des-Arts et de la rue du Coq, et son infortuné successeur fit déblayer la cour du Palais des maisons, bâties sans règle ni mesure, qui la remplissaient.

C'est Napoléon qui tira véritablement le Louvre de ses décombres, en exclut tous les habitans des logemens qu'ils y occupaient de temps immémorial; y fonda le musée de sculpture et consacra les différentes parties de ce magnifique Palais à des destinations artistiques ou princières. Mais quant à la question de jonction, il n'inclinait pas à élever des constructions intermédiaires pour sauver le défaut de parallélogramme — « Rien n'est beau que ce qui est grand, » disait-il; « l'immensité et l'étendue peuvent faire disparaître bien des défauts. »

Contrairement à ses habitudes, l'empereur voulut consulter l'opinion publique ; les journaux, les savans s'emparèrent du sujet. On fit des plans, des modèles ; des concours furent ouverts. Bref, après avoir perdu beaucoup de temps, la galerie transversale fut adoptée ; on vota le crédit, l'on allait mettre la main à l'œuvre, lorsque les malheurs de l'Empire vinrent tout arrêter. Un des remords de Napoléon, sur le rocher de Sainte-Hélène, fut de n'avoir pas réuni le Louvre et les Tuileries.

Louis XVIII et Charles X ne se sont guère préoccupés de ce vaste projet : il était au dessus de leur taille ; quelques appropriations personnelles ont été seulement apportées par eux aux deux palais.

Louis-Philippe a bien désiré la jonction ; mais il voulait que les fonds lui en fussent remis, pour opérer d'après ses fantaisies avec ses architectes de prédilection. Les chambres et la Ville n'y ont pas consenti, et, par suite, les quartiers du Louvre et des Tuileries présentaient l'aspect le plus en ruine de Paris, à faire rougir devant l'étranger. On s'en imputait réciproquement la faute, mais elle venait évidemment de l'opiniâtreté du roi, et non de la parcimonie des représentans du peuple.

Aujourd'hui, le principe est voté ; mais il faut trouver l'argent. Celui qu'on emploiera à payer les ouvriers ne sera pas à regretter, car il ouvrira un vaste atelier national bien préférable à ceux que la nécessité de ces derniers temps a engendrés pour donner du pain à la population ouvrière. Mais il y a encore bien des maisons à acheter, et pour lesquelles il faut tout de suite et au préalable, compter l'indemnité. C'est là le plus embarrassant, et ce qui seul peut retarder encore l'ouverture des travaux du *Palais du Peuple*, le plus colossal du monde entier, le plus digne du souverain qui ne l'habitera pas, mais qui lui donnera son nom. Palais, à l'inverse des autres, toujours ouvert à la Liberté, à la Fraternité, et d'où le despotisme sera banni à tout jamais.

P. S. — 18 Mai. Ces pages étaient composées avant les évènemens du 15, et avaient été communiquées à des amis qui peuvent attester notre scrupule à n'y rien changer.

Cependant, encore deux mots sur la part qui revient aux Tuileries dans ces journées.

Le 15, le général et son état-major s'emparent tout-à-fait de l'autorité militaire.

Ils font fermer et ouvrir les grilles du jardin, sans ordre et intelligence ; ils se noient dans les détails les plus puérils, et laissent envahir et souiller l'enceinte de l'*Assemblée nationale*, en qui réside tout le salut du pays !!

Le soir, on fait le siége de la maison, n° 16, rue de Rivoli, dépendance des Tuileries, usurpée par Sobrier. La garde nationale se dévoue à cette mesure, réclamée par nous depuis deux mois.

Que fait l'état-major ? Il reçoit mal les officiers qui parlent d'amener les prisonniers au château. Le lieutenant Duparc, de la 2e légion, en sait quelque chose.

En face de la trahison, il n'y a plus à hésiter : je fais signifier au colonel Saisset et à ses officiers, que je les fais arrêter s'ils bougent ; je reprends toute l'autorité que je tenais du Gouvernement provisoire, à l'Hô-tel-de-ville, par son premier acte du 24 février.

Les papiers de Sobrier, les munitions, le matériel de son arsenal, tout est apporté aux Tuileries et mis sous scellés, avec factionnaires à la porte. Les prisonniers, au nombre de 80, sont gardés à vue sous le pavillon de l'Horloge. Les chevaux de la duchesse d'Orléans, abîmés au service de Sobrier, sont ramenés dans nos écuries. Son drapeau est enlevé du balcon ; il n'y flotte plus, étendard séditieux ; il est ployé sous mon joug officiel.

Cependant, sous la conduite de la 8e légion et de notre digne ami Bourdon, son colonel, les 80 prisonniers, avec mon rapport, sont dirigés sur la Préfecture de Police. Ils y sont amenés et introduits avec ordre et ménagemens.

Tout est bien jusque là.

J'informe le pouvoir exécutif de ce qui vient de se passer. Il me répond de ne pas envoyer mes prisonniers, surtout à la Préfecture de Police, mais à Vincennes. Il est trop tard : j'ai déjà le récépissé de la Préfecture. Je ne puis qu'offrir d'aller les y reprendre de gré ou de force. A cet effet, je me mets à la disposition du Gouvernement, avec la garnison des Tuileries. Si j'ai agi trop précipitamment, je dois chercher à réparer mes torts, et ménager, avant tout, la dignité du pouvoir exécutif.

Je ne reçois pas de réponse, cette fois-ci.

Que sont devenus les 80 prisonniers?...

PARIS. — IMPRIMERIE DE ED. PROUX ET Cᵉ , RUE-NEUVE-DES-BONS-ENFANS, 3.